ベリーズ文庫

天才脳外科医はママになった政略妻に２度目の愛を誓う

白亜凜

STARTS
スターツ出版株式会社

目次

天才脳外科医はママになった政略妻に2度目の愛を誓う

特別書き下ろし番外編

天才脳外科医はママになった
政略妻に２度目の愛を誓う

妻と夫の不貞

薄く色づきはじめたイチョウの木を通り過ぎ、車は山上総合病院《やまがみそうごうびょういん》の敷地に入っていく。

見慣れたはずの、でもすっかり変わってしまった白く輝く病棟から視線を外し、私は隣の席に目をやった。

日除けのカーテンを直し、チャイルドシートの中にいる生まれて間もない娘、乃愛《のあ》に微笑みかける。

この子との未来のために、私はここに来た。

スピードを落とした車はゆっくりとロータリーに停まり、助手席にいる家政婦のサトさんこと、石川里子《いしかわさとこ》さんが車を降りる。後部座席にいる私と入れ替わるためだ。

降りる前に、愛しい我が子に声をかけた。

「乃愛、ママは行ってくるから、ちょっと待っていてね」

あなたの存在を知らない、戸籍上のあなたの父親に会ってくるのよ。

モミジのように小さな手に指を掴ませて動かすと、乃愛はキャッキャと声を上げる。

今日を迎えるこの日まで何度も、繰り返し繰り返し考えた。

悩み抜いて出した結論を、いつかあなたもわかってくれるといいけれど……。

なにもわからず笑顔を見せる乃愛の頭や頬を撫で、最後にその手にキスをして、車の外へ出る。

「じゃあサトさん。乃愛をよろしくお願いします」

「はい。車の中でお待ちしておりますね」

乃愛に手を振り、車が移動するのを見送って、ゆっくりと踵を返す。

ふと、色なき風が吹き抜けた。

私が拠点とする軽井沢《かるいざわ》はすでに秋まっさかりで、朝晩はすっかり冷え込む。東京《とうきょう》はまだ暑いかと思っていたが、もう十月である。着実に秋は忍び寄っているらしい。

冬が来る前に、一日も早く決着をつけて軽井沢に帰らなければ。

久しぶりに履いたハイヒールは、戦闘服さながらに気持ちを引きしめる。コツコツと細いヒールが立てる足音を聞きながら進み、入り口で立ち止まる。

自動ドアが開く間、ガラスに映る自分をジッと見つめた。

島津莉子《しまづりこ》、二十五歳。童顔ゆえに年齢よりも幼く見られがちだ。それゆえ今日は少しでも大人っぽく見えるよう服装や見た目にも気をつけてきた。

グレーのリボンタイのブラウスに黒のタイトなスカート。長い髪は後ろでひとつにまとめ、化粧はしっかりとして、大人の女性を演出できているはず。

ひとつ大きく息を吸い、開いた扉の中へ入る。

明るいロビーを進むと大勢の患者が待つ外来の受付があるが、私が進むのはそちらではなく、左の廊下。進んで間もなくまた右へ曲がり【staff only】とプレートのある扉を開けて階段を上る。

ここから先に患者はいない。上り切った二階の廊下を右に進む。その先、突き当たりの部屋。【理事長室】と掲げられたプレートを確認する。

七カ月前と変わっていないことに安堵の溜め息をつき、扉をノックした。

「はい」

くぐもった彼の声に、ハッとすると同時に喉の奥がゴクリと音を立てる。

島津啓介《けいすけ》、三十三歳。政略結婚した私の夫で、私の実家、山上家が代々受け継いできたこの病院を手に入れ、浮気を重ね、私を絶望の淵に追いやった憎い人。

許してはいけないと心に活を入れ、扉を開けると彼はいた。

すらりとした美貌の女性秘書が、デスクに座っている彼に寄り添うようにして、隣に立っている。

「ふたりだけで話をしたいんですが」

私がそう告げると、女性秘書はいかにも不満そうに表情を歪めて彼から離れた。すれ違いざまに立ち止まり、秘書は私に頭を下げる。

「失礼いたします」

一応礼儀はあるらしい。

彼女の姿が廊下に消えたところで、私はあらためて彼を見つめた。

相変わらず整った顔をしているなとしみじみ思う。

高い鼻梁に凛々しく結んだ口もと。いくらか痩せたような気がするが、その分精悍さが加わったように見える。

麗しの我が夫、啓介さん。

一年半ほど前にお見合いをして、間もなく夫婦になった私たち。甘かった新婚生活の冬は短く、春にあなたのもとを離れて七カ月。夏は過ぎ、もう秋を迎えた。

季節が移ろうように、私も変えようと思う。あなたとの関係を。

「お久しぶりです」

かつて私の父がいたこの部屋で、理事長の席に座っている彼はなにを思うのか、私をジッと見る。

「帰ってきた。という、雰囲気ではないな」

彼が訝しげにそう言うのも無理はない。ここは家ではなく理事長室だ。妻と夫が久しぶりに再会の言葉を交わす場所としては、ふさわしくないだろうから。

不穏な空気を感じているなら当たりですよ。

心で答えながら、私は腕を組んでニヤリと口もとを歪める。さながら希代の悪女のように。

「お別れにきました」

いつも冷静で眉ひとつ動かさない彼も、少しは驚いたらしい。

机の上に肘をかけて手を組み、目を細めた。

「どういうことだ?」

緊張で震えそうな手をギュッと握り、ゆっくりと息を吸う。

私はもう、あなたとは一緒にいられない。

だからこう言うしかないのだと、気持ちを落ち着ける。

「私、浮気をして子どもを産んだんです。だから、離婚しましょう」

一年と少し前

桜咲く……か。

心で呟きながら中庭のソメイヨシノを見つめた。

ここは老舗の料亭。

はらりと散った花びらが池に落ちる。

せせらぎが苔むした池を濡らし、鹿威《ししおど》しがカーンと高い音を立てる。四方を部屋や塀に囲まれた庭だ。

小さくとも美しい箱庭だが、ソメイヨシノは外の景色を知らない。花の命は短いと言うが、この小さな世界で散りゆくとは、なんと儚いことよ。

まるで私のようね、と思う。

私は去年大学を卒業したばかり。就職してまだ一年しか経っていないのに、お見合いの席に着くという我が身の不幸を中庭の桜に重ねてみた。

山上《やまがみ》莉子、二十四歳。

恋も知らないまま。私は政略結婚をする。

「莉子、そんなに緊張しなくても大丈夫よ」

母はくすくす笑う。

「そこらへんでは見かけない美男子だから、莉子驚くなよ」

父は自慢げに胸を張る。

「お父さん、この前も言ったけど、そんなに立派な人、私にはもったいないって。断られてもガッカリしないでよ」

「莉子が断られるわけないだろう。自慢の娘なのに」

「でた。親バカ。もうやめて」

「いいじゃないのね。親バカで」

あははと三人で笑うのはいいとして、私はちょっと恥ずかしい。

身長一五八センチの中肉中背。昔からかわいいとは言われても美人とは言われない。丸顔で目尻が下がっているせいか、いつまでも子ども扱いされてしまうような普通女子。それが私だ。

それでも両親の目には世界一の美女に映るらしい。

やれやれと密かに溜め息をつくうち、鶯《うぐいす》張《ば》りの廊下からきしむ音が響いてくる。

「ん？　来たかな」と父が廊下を振り向いた。

いよいよ、お相手の登場だ。弥《いや》が上にも緊張が増してくる。目をつむりゆっくりと息を吐いて気持ちを落ち着けた。

あとあと後悔しないようにうまくやらなくちゃ。

間もなく襖が開いて、その人は濃紺の着物姿で現れた。

今日は私も振袖を着ている。お見合いに着物で行くなんて、いかにもすぎて恥ずかしいと思ったのに、せっかく純和風の料亭なのだから着物で合わせましょうという話になったらしい。父まで慣れない着物を着てきている。

恐る恐る瞼を上げると、テーブルを挟んだ目の前に来た彼の凛とした姿にハッとして目を奪われた。

島津啓介、三十二歳。

アメリカ帰りの脳神経外科医。実家は一部上場企業の大手ゼネコンの創業者一族という超がつくセレブの御曹司だ。

しかも見ての通りイケメンというオマケつき。

お見合いの話を父から聞いたとき、簡単な経歴書のほかに写真を一枚渡された。彼の職場の大学病院で撮ったという、私の父と啓介さんが並んでいるスナップショットだった。

身長が一七〇センチの父よりも十センチ以上背は高く、すらりとした体躯。鼻筋はよく通り、目もとは涼やか。削ぎ落とされたような綺麗な顎のラインといい、モデルと言っても通るビジュアル。写真の彼は白馬ならぬ白衣がよく似合っていた。

今はがらりと変わって着物姿だが、すごく素敵だ。

「島津啓介です」

ゆっくりと流れるように、彼は頭を垂れる。

思わず溜め息が漏れるほど立ち居振る舞いも座り方も堂に入っていて、さすが生粋の御曹司だと感心せざるを得ない。

滲み出る品格に早くも圧倒され、喉の奥が苦しくなってくる。

「山上莉子と申します」

なんとか噛まずに言うだけで精一杯だ。

顔を上げ、早速父と話をする彼を見てしみじみと思う。

写真に違わぬ、というかむしろ本物のほうがずっと綺麗な人だった。

やや長めの横に流れる前髪が、少しだけ目もとにかかり、やけに色っぽい。これが大人の男性の魅力というものなのか。

今回のお見合いは、私のほうにだけハッキリとした理由がある。

父が経営する総合病院がここ数年来経営難で苦しんでいるのだ。病院を立て直す手段として、私は学生の頃からいずれ政略結婚をしてほしいと言われていた。

私も山上家の一員である。病院を守りたいという一心から、政略結婚を受け入れた。

資金力があって、できれば医師というのが相手に望む条件であり、多少のことなら目をつむる覚悟でいた。

だが、それにしては彼は好条件すぎる。

こんなに素敵な人が、どうして私とお見合いなんてする気になったんだろう。いくらでもほかにいいお相手がいるだろうにと訝しんでしまう。

なにか理由があって断れなかったんだろうか。彼ほどの人ならば、女性は選び放題だろうに。

そうでなければ軽い気持ちで来たのかもしれない。私と違って。

食事中は、うちの両親と啓介さんのお母様が会話に花を咲かせた。

話によると彼のお父様はお兄様と一緒に海外出張中らしい。会社のほうはそのお兄様が後を継ぐのだそうだ。

「周りに医療関係者がいないのに、なにがきっかけでこの道に進んだんだい？」

父と同じ疑問を私も抱いたので興味深く耳を傾けた。

「幼馴染みが白血病で。今はすっかり元気なんですが、彼のお見舞いに通ううち、医者に憧れましてね」

なるほど、と感心した。百点満点の素敵な理由だなと思う。

父も「おお、純粋な心をお持ちだ」と満足げに頷く。

啓介さんのお母様が「莉子さんは、商社にお勤めとか」と聞いてきた。

「はい。医療系商社『株式会社ｔｏＡ《トゥーエー》』で、働いています」

「秘書さんなんでしょう？　一流の商社の秘書だなんてすごいわ」

「いえ、私は派遣社員ですので」

不本意ながらと心で続けた。

ｔｏＡにはインターンシップで通い、就職活動を経て内定を勝ち取った。

本当は正社員として働きたかったが、近い将来、医師と政略結婚をすると決まっていたために、父に『退職がわかっているのに、会社に迷惑をかけてはいけない』と言われ、母にも『フルタイムで働きながら、当直もある医師の妻を務めるのは無理よ』と諭されて、あきらめたのだ。

啓介さんのお母様はにっこりと微笑む。

「女の子ですもの、派遣社員くらいでいいのよ」

「そうですよね」と、私の本音を知らない母も同意した。

休日は習い事や料理学校に通って花嫁修行をしているとか、母がする話を気恥ずかしい思いで聞きながら、そっと溜め息をつく。

後悔しているわけではないが、心残りはある。

ｔｏＡでの秘書の仕事は好きだ。常に上司がなにを必要とするかを考え、先回りをして仕事を進めていく。失敗すればその時間は無駄になるが、予想がぴたりと合って『ありがとう。気が利くな』と言われたときは本当にうれしい。

でも自分で決めたのだ。これからは結婚相手に寄り添い、感謝されるような存在になりたいと思っている。

向かいの席に座る啓介さんは、結婚についてどう思っているんだろう。

母たちの話をなにを思いながら聞いているのか。

ちらりと見ると彼はお刺身に箸を伸ばしていて、表情からはなにもわからない。

瞼を伏せ気味にして、彼は静かに食事をしている。

無駄口を叩いたり、冗談を言って場を盛り上げようとする人ではないようだ。その後も質問をされない限り口を開かなかった。

やっぱり乗り気じゃないのかな、と思いながら目を伏せた。

今日は予行練習だと自分に言い聞かせる。断られても傷つかないように心構えをしよう。

親同士の弾む会話を右から左に流し、手持ち無沙汰な私も箸を取った。

せめて食事だけでも楽しもう。

あらためて視線を向けたテーブルの上には、繊細で手の込んだ美しい料理が絵画のように並んでいる。

見ているうちに、なかったはずの食欲が湧いてきて、早速箸を伸ばす。

口に入れたのは鯛のお刺身。プリプリして噛むほどに旨味が広がってくる。

おせんべいのような粒がついた車エビの天ぷらに抹茶塩をつけてひと口。食感と香ばしさの中から最後に出てくるエビの甘味。

美味しいー、と密かに唸った。

茶碗蒸しには私の好きな銀杏が入っている。煮穴子はお箸で持つのがやっとというくらい柔らかくてトロトロだ。さすが料亭だわと惚れ惚れしてしまう。

この素晴らしいお膳をいただけるだけで、来た甲斐があったというものだ。

満足しながらお茶でひと息つく。

ふと視線を感じて顔を上げると、啓介さんが私を見ていた。

彼は目を細めてクスッと笑う。

えっ……。

もしかして、一部始終を見ていたのだろうか。

途端に羞恥心が込み上げて、カッと頬が熱くなる。てっきり、親同士の話に耳を傾けていると思ったのに、まさか夢中になって食べている私を見ていたとは。

ああもう……恥ずかしすぎる。

空になったお皿を見て、今更のように自己嫌悪に苛まれてそっと溜め息をついた。

食事が終わると、うちの両親と彼のお母様は早々に席を立った。

残ったのは私と啓介さんのふたりきり。静かになると、忘れていたはずの緊張が戻ってきた。あらためて運ばれてきたお茶と和菓子を前に、背筋を伸ばして視線を落とし、テーブルの下で拳を握る。

息が詰まりそうなこの状況を打開しなければ。なにか話しかけようと必死に考えて閃いた。

そうだ。着物。

「あの、和服。お好きなんですか？」

いくら衣装を合わせたとはいえ、彼は着せられた感がなくしっかりと着こなしている。手を伸ばすときの袖のたもとの捌き方とか、普段から着ていなければこんなふうに自然と振る舞えないはずだ。

案の定、啓介さんはにっこりと頷いた。

「我が家は純日本家屋で、父は普段から着物を着ているんだ。その影響かな」

見たことも会ったこともないけれど、文化財のようにすごい家と素敵なお父様のシルエットが脳裏に浮かぶ。

「そう、でしたか……」

想像の中のお屋敷に気後れして、言葉に詰まると、今度は啓介さんが口を開いた。

「君も綺麗に着物を着こなしているね。着る機会があるとか？」

「ありがとうございます。学生の頃、少しだけですが茶道教室に通っていたんです」

学生時代の四年間、母に連れられて茶道教室に通った。着物の袖や裾捌きにてこずり、足の痺れに苦戦したけれど、今日のようなこともあるのだ。習っておいてよかったと密かに胸を撫で下ろす。

「もしかして島津さんもお茶を？」

「ちゃんと習ったことはないが、ときどき家で親に付き合わされる」

家でというからには、島津家には茶室があるのだろう。そんな立派は家の嫁など、やはり私には不釣り合いかと考え込んでしまう。

「料理、美味しかったね」

ハッとして顔を上げると彼が微笑んでいる。

「あ、はい。とっても」

お見合いの席で、まさか完食してしまうとは。

我ながら呆れてシュンとしてうつむいた。

「俺も全部平らげた」と彼が言う。

「料理長も喜んでいると思うよ」

顔を上げると、彼の優しげな瞳と目が合って、つられたように笑顔が浮かぶ。

「そうですよね」

「君は食べ物の好き嫌いはないの？」

「はい。なんでも美味しくいただけます。あ、昆虫食はダメですけれど」

つい先日父が患者さんにもらってきたイナゴの佃煮が脳裏に浮かび身震いする。父と弟はうまいと言って勧めてきたけれど、私と母は逃げ回った。

「あ、すみません。思い出してしまって」

一瞬固まった啓介さんは、顎を上げてあははと笑う。

「揚げてあれば香ばしくて美味しいのに」

「えっ、食べたことがあるんですか？」

「とりあえず挑戦してみる質でね」

へえ、そうなんだ。

彼の笑顔と弾む会話に、なんだかとても安心した。

啓介さんは黙っていると冷ややかに見えるし、もっととっつきにくい人かと思っていた。でも意外と話しやすい。案外気さくな人かもしれない。

「ｔｏＡで、一度会ってるけど覚えてる？」

「えっ？　会社でですか？」

「ああ、専務室で」

嘘！　ど、どうしよう覚えていない。

「一年近く前になるかな？　コーヒーを出してくれたときに、君は俺と目が合ってるはずだけど」

その頃だと入社して間もなくかと考えて、ようやく思い出した。

「あっ、もしかして」

目を丸くすると、にっこりと彼は微笑む。

その柔らかい笑みには、確かに見覚えがある。

あのとき私は彼と目が合って、素敵な人だなと胸をときめかせたのだ。こんな状況だし、今の彼は着物姿で雰囲気がまるで違うから気づかなかった。

「ラフな服装でいらっしゃいましたよね？」

「そうそう。仕事が休みでね」

専務のお客様の服装は基本ビジネススタイルだ。でも彼は紺色のリネンのシャツに白いパンツという出立ちで、組んだ長い脚は素足にカジュアルシューズ。季節は夏でクールビズとはいえ素足というのは珍しかった。

それがすごくよく似合っていて、いったい誰だろうと興味を持った。

先輩秘書が須王《すおう》専務の知人のお医者様だと教えてくれたのだ。あの頃は毎日が緊張の連続だったからすっかり忘れていたけれど。そうだ、今はっきりと思い出した。

「須王専務とお知り合いなんですね」

「ああ、燎《りょう》は学園の一学年後輩だから」

そういえば、須王専務も啓介さんも青扇《せいせん》学園出身だ。下の名前で呼ぶなんて、よほど仲がいいに違いない。

須王専務は私にとって雲の上の人だった。青扇学園は全国から資産家の子息や令嬢が集まってきて、その中でも幼稚園から高校までずっと通う学生は〝純正〟と呼ばれたりする。彼や須王専務がそうだ。

ちなみに私は中学校だけ青扇に通ったが馴染めずに、高校は青扇に進まなかったという脱落組である。

純正である彼とは住む世界も環境も違う。私が終《つい》ぞ乗り越えられなかった高い壁の向こう側。姿は見えるけれど決して手が届かない人々の中に彼はいたんだ。

お茶に手を伸ばし、喉を潤しながら納得する。

啓介さんは、お城に住む王子様か。どうりで醸し出すオーラが違ったはずだ。

「俺は――」

考え込んでいると、ふいに啓介さんが口を開いた。

「この話を受けようと思う」

いきなりの発言に心臓がトクンと跳ねる。

思わず「本気ですか？」と聞いた。

「ん？　断ったほうがいいの？」

「い、いえ。てっきり、断られるとばかり思っていたので」

「そうなの？」

啓介さんは意外そうに首を傾けるが、普通に考えてありえない。

「あなたのように素敵な方は、我が家と縁を結ばなくても、引く手数多だと思いますし」

「我が家？」

彼は苦笑を浮かべながら私を見つめる。

「俺は君と結婚するわけで、君の家と結婚するとは思っていないが？」

確かにそうだけれど、この結婚は政略結婚だ。

「山上総合病院の経営状況は、あまりいいとは言えませんし……」

厳しい現実に、語尾が弱くなる。

曾祖父の代から住んでいる今の家屋敷も抵当に入っているという。あと半年のうちになんとかしないと、家屋敷を手放さざるを得ない状況だと母から聞いている。

私と結婚したら、傾いている病院を父と一緒に立て直してもらわなきゃいけないのだ。

なんだか申し訳なくて、ゆらゆらと視線を落ちてゆく。

「大丈夫、承知の上だよ」

彼の優しい声が降ってくる。

「ところで君は国立の有名大学に通うほど優秀なのに、医者になろうとは思わなかったの？」

もっともな意見にチクッと胸が痛む。医者一族に生まれれば、医者を目指すのが通例だろう。なのに私も弟も医学部へ進んでいない。

「実は、私も弟も血を見るのが苦手で」

できるなら医者になって父の病院に貢献したかった。だが、どうしても克服できなかったのだ。

「子どもの頃、病院に運ばれてきた大怪我の患者さんを偶然見てしまって、それ以来」

それに病院はどうしても悲しみがつきまとう。正面から向き合う自信が私にはない。

「なるほどね。研修医にもいるんだよ、覚悟してなったはずが、オペの見学中に倒れちゃうとかね」

「うわぁ、それは気の毒に。私は多分カンファレンスに参加するだけで気絶する自信あります」

くすくすと笑い合った。

医者の娘として笑い事ではないが、本当だから仕方がない……。

「情けないです」

思わず本音が漏れた。

「業界トップの医療系商社に入ったのに？」

ハッとして顔を上げると、彼は「聞いたよ」と微笑む。

「君は学生のうちにＭＤＩＣも取ったんだろう？　長く働いてほしい人材だって、燎は言ってたよ」

私は医療機器情報コミュニケータ（ＭＤＩＣ）の資格を持っている。

ＣＴのような検査装置や心臓のペースメーカーのような小型機器まで、病院経営において医療機器に関する知識は欠かせない。ＭＤＩＣは販売業者と利用者の間で正確に情報を伝達する役割を担っている。

医師になれなくても山上のために自分でも力になれる道を、私は常に模索していた。

その気持ちをわかってもらえただけでもうれしい。

「ありがとうございます。短かったですが、ｔｏＡで学んだことは無駄にはしないつもりです」

彼はにっこりと頷く。

「それで、話は戻るけど、君はあくまで家のため、愛のない結婚をするつもり？」

半分当たっていて半分外れている。

家のため、ひいては山上総合病院のために政略結婚をすると決めた。

でも、だからと言って愛を捨てたわけじゃない。

結婚してからでもいいから、愛し愛されたい。順番は違っても、恋ができたらなと思っている。

なのに、最初から愛のない結婚とか言われてしまうと悲しい。

「正直に言ってほしい。君の質問の通りに返すならば、君だって俺じゃなくてもいいだろうし」

どう答えていいのか。

「私は……」

啓介さんの言う通りではある。でも。

「誰でもいいわけじゃないです」

「じゃあ、俺じゃ不満ってわけだ」

「ち、違います！」

不満なんてあるわけない。今後お見合いを重ねても、啓介さんより素敵で条件のいい人なんているとは思えないもの。

それに、こんなことを言ったら子どもっぽいと思われるかもしれないが、愛のない結婚はやっぱり嫌だ。

「たとえ政略結婚だとしても、愛し合う夫婦になりたい、です」

語尾が消えそうになりながら思い切って言った。

あれ？ でももしかして。

今の会話は、あなたに愛してほしいと告白しているようなものではないのか。

カッと顔が赤くなるのが自分でわかる。

恥ずかしくて顔から火が出そうになりながらチラリと啓介さんを見ると、彼はまるで見透かしたかのようにニヤリと口角を歪めている。

軽く首を傾げ、細めた目から色気が溢れているようだ。

慌てて視線をそらし、グラスの水を取り、ごくごくと飲んだ。

落ち着け、私。

「じゃあ、なにが引っかかっているの？」

だって信じられないもの。なぜ王子様がこの縁談を？

メリットなんてないのに。

「あの……、啓介さんはどうしてこの話を受けようと思ったのですか」

彼はにっこりと口角を上げる。

「君が気に入ったから」

えっ、そ、そんな。

せっかく落ち着きかけたのにまた顔が熱くなり、両手を頬にあてた。

「か、からかわないでください」

自慢じゃないが私はこれまで恋をしたこともなければ、男性と交際した経験もないのだ。高校も大学も女子高である。たとえ彼が軽い冗談のつもりでも、受け流すスキルを持ち合わせていない。

あははと笑った啓介さんは「からかってないよ」と手を左右に振る。

「まぁ、そうだな。一目惚れ。とでも言っておこうか」

ついに耐えられなくなって顔を覆いながらうつむいた。

そんなの嘘だわ。

私は一目惚れされるような美人じゃない。今日だってメイクさんに頼んで大人っぽくしてもらったつもりなのに、仕上がった私に向けられた言葉はやっぱり『かわいい』のひと言だった。

年齢よりも落ち着いて見える啓介さんと並んでも、釣り合って見える自信はない。ましてやあなたは抜きん出て素敵な人なのに。

「この場で返事をしなくてもいいよ」

そっと顔を上げると啓介さんは庭に目を向けながら、お茶を飲んでいた。

端正な横顔である。いつまでも眺めていたくなるような少し憂いを含んだ目もとに、しっかりとした強い意志を感じるさせる口もと。

本当に魅力的な人だと思う。こんな人が私の夫になってくれるという。

断る理由はあるの?と、自分に問いかけた。

一目惚れ云々はともかく、彼がなぜこの結婚に前向きなのかはわからないけれど、今の私は、とやかく言える立場じゃないのだ。

「私……私も、このお話お受けしたいです」

勇気を出してはっきりと言うと、少し間をおいて、彼は柔らかく微笑んだ。

「そう。よかった」

彼の微笑みが眩しくて、慌てて瞼を落とし、深く頭を垂れた。

「よ、よろしくお願いします」

すると彼は「ひとつだけ――」と言葉を止めた。

顔を上げて「はい?」と聞き返す。

「言っておきたいんだ」

啓介さんは真顔で私を見る。

なんだろう。なにか難しい条件だろうか。

「俺は子どもが苦手でね。あまり欲しいとは思っていない」

――子ども？

「だからすぐに子どもというのはちょっと……。それでもよければ」

「あ、弟がいますし、私に子どもがいなくても問題ないです」

子どもがいなくても幸せな夫婦だっているもの。別に構わない。

この選択は間違っていないよね？

幸せと不幸せ

私たちの縁談はスムーズに進み、六月にはｔｏＡを退職した。

そしてひとまず入籍を済ませ、私たちは戸籍上の夫婦になったのである。

啓介さんは評判通り優秀な脳神経外科医だった。

結婚してまだひと月しか経っていないのに、啓介さんがいるというだけで、山上総合病院の経営は早くも上向きになってきたらしい。

啓介さんを指名してくる富裕層で特別室はいつも満員だというし、その人たちがくれる謝礼金だけで借入金の月々の返済が賄えるとか。

秋になったら外壁を塗り替えたり、少しずつリフォームもはじめるようだ。新生山上総合病院を見るのが今から楽しみである。

そんなこんなで、彼は忙しい。

山上総合病院は外来の患者だけでなく、救急の患者も受け入れている。彼も緊急の呼び出しに応じ自ら執刀するし、医師としてだけでなく、父について病院経営の雑務まで携わっている。

私はといえば、挙式の準備や新しい生活に慣れるのに精一杯だ。

医療経営士の勉強をはじめてみようと思っていたけれど、そんな余裕はなくて、夕べも、両家の来賓をリスト化しているうちにうっかり眠ってしまった。

今日は休日、啓介さんも家にいる。

パジャマから部屋着に着替えてキッチンに行くと、彼は新聞に落としていた目を上げてにっこりと微笑んだ。

ラフなグレーのパーカーを着て、整髪剤をつけていない前髪が額にかかっている。家でくつろいでいるときの彼は〝島津先生〟でいるときよりぐっと若く見える。

「さあ食べようか」

彼は私を待っていてくれたようだ。

テーブルにはブルーベリーがたっぷり入ったヨーグルトと、ローストビーフを挟んだバゲットがある。コンソメのカップスープと牛乳も。

「うわー、美味しそうですね」

バゲットは紫色の玉ねぎやレタス、スプラウトも挟んである。黄色のマスタードソースがとろりとして完璧なビジュアルが空腹感を刺激する。

啓介さんはときどきこんなふうに休みの日の朝食を作ってくれる。和食なら焼き鮭と味噌汁なんてメニューもあったりする。

それでなくても彼は忙しい。休日くらいはゆっくりしてほしいし、朝食なんて私が作るのにと最初は焦った。

でも彼は『気晴らしだから、気にしないでいい』とさらりと言うのである。

キッチンに立つ彼は手際もよく、ときには鼻歌を歌ったり楽しそうなので、いつしか反対する気持ちも消えた。

「いただきまーす」

ありがたくスープをひと口飲んで、早速バゲットにかぶりつく。

「んー、やっぱり美味しい」

こんなこともあろうかとローストビーフを買っておいてよかった。玉ねぎの微かな辛味やレタスのシャキシャキ感。グレイビーソースのローストビーフにマスタード。すべてがお肉の旨味とマッチして、噛むほどに幸せが広がってくる。

あー、もう最高。口の中が蕩けそう。

「莉子は本当に美味しそうに食べるな」

啓介さんはくすくす笑うが実際美味しいのだから仕方がない。

バゲットは軽く焼いて、しっかりとバターが塗ってある。ただ切って挟んだだけじゃないところが、啓介さんのすごいところだ。

「啓介さん、ひとり暮らしのときは自炊してたんですか？」

彼は実家を出て、勤めていた病院の近くのマンションに住んでいたと聞いている。

「夜はほとんど外食だったが、朝はね」

午前中から緊急オペがあったりすると昼食を取る時間がない。そんな状況でも耐えられるよう朝食はしっかりと取るというのが彼の習慣である。

その頃から、こんなふうにちゃんと作って食べていたんだろう。

「でも買い物する時間なんてなかったでしょう？」

「マンションの隣にコンビニがあったんだ」

なるほど。

「もしかして、家事も全部自分でしていたとか？」

「してたよ？　変か？」

「てっきりハウスキーパーさんを雇っていたのかと思ってました」

「部屋は寝るだけだったからな」

そうだとしても、疲れたときの家事は面倒なはず。

でも、考えてみれば啓介さんの書斎はいつも綺麗だ。毎朝一時間くらい籠もって調べ事をしているようなのに、お掃除しようと思っても片付けるところがない。仕方なく気休めに棚の上をホコリ取りで撫でるだけである。

啓介さんは仕事も家事もなんでもござれの、パーフェクトヒューマンだ。

あ、でもサンドイッチに入れるキュウリのピクルスは苦手なんだよね。

今のところ私が知る彼の唯一の弱点だ。チマチマと取っていたのを思い出し密かに笑う。

「莉子は？　家に家政婦がいる割には家事がうまいよな」

フフッ。実は私、家事に自信はある。

「ありがとうございます」

料理も掃除も好きだが、そもそも人をサポートするのが好きなのだ。

だから秘書の仕事は天職だと思っていた。今は妻として啓介さんのためを思ってする家事に、やりがいを感じている。

「うちの家政婦さんは厳しくて、散らかすと怒られたんですよ」

「へえー、そうなのか」

「料理学校も少し通ったけど、私が作る料理は、ほとんど家政婦さんに教えてもらったものなんです」

聞けば啓介さんの実家の家政婦さんたちは、皆おとなしい方ばかりらしい。

「俺は実家の家政婦に注意された記憶はないな」

「啓介さんがいい子だったからですよ」

「それはどうだろう……」

ふと、彼にしては珍しく皮肉な笑みを浮かべた。

家の雰囲気が、私の実家とは違うのかな？

島津のお父様は少し怖そうだ。結婚の挨拶でしか会っていないが、なんというか、強い存在感があった。

島津のお屋敷は敷地も邸も我が家の倍はあったと思う。築年数は相当経っていそうな純和風の家で、使用人の数も多くてまるで高級旅館のようだった。旧華族の家柄だというから、お父様から滲み出る風格も遺伝のように受け継がれたのだろう。

お見合いの席で啓介さんから聞いていた通り、お出迎えしてくれたお父様は着物だったし、庭にある茶室でお茶を点ててくださった。

池がある和風庭園の茶室でお茶という優雅なひとときを過ごす家族。それが島津家。

島津の家について私はまだよくわかっていない。

啓介さんが病院を引き継いでくれたとはいえ、彼は山上家のお婿さんではないし、私も島津莉子になったのだから少しずつでも知りたいと思っている。

でも、なかなか話を聞く機会がない。

啓介さんはときどき用事があると言って実家に帰るが、私も一緒にとは誘われない。

結婚を決めてからご挨拶に一度行ったきりだ。

優しくて、私を気遣ってくれる彼になんの不満もないけれど、もう一歩のところで距離を感じてしまう。それは私の気のせいなのか。

スープを飲む啓介さんに、心の中で〝やっぱり政略結婚だから?〟と問いかけた。

それともまだ初夜を迎えていないから?

一緒に住みはじめた初めての夜に、彼は『よろしく』と言って私の額にキスをした。

私は誰とも付き合った経験がなく、それだけでドキドキと心臓がパンクしそうになった。

てっきりそのまま先もと覚悟したのに、彼は大人の余裕の笑みで、クスッと笑いながら私を抱きしめただけだった。

『この先は、結婚式の夜まで取っておこう』

だからかな、壁を感じるのは。

そんなことを思いジッと見つめていると、彼と目が合った。

「ん？」

「あ、ううん。バケット美味しいな、と思って」

きっと気のせいだ。これは多分マリッジブルー。私たちは長く付き合った恋人同士ではないから、時間が足りていないだけ。

半年後の結婚式を迎える頃には、なにか変わっていると信じよう。


それから瞬く間に時は過ぎ、十二月。私たちは無事に結婚式を執り行った。

披露宴が終わった後、新婚旅行に行く代わりに、私たちはそのまま会場となったホテルのスイートルームに泊まった。

ついに、迎えた初夜。

クリスマスにはまだ少し早いが、ホテルのサービスで部屋はロマンチックにデコレーションされていた。

落とした照明の中で、銀色のツリーは金や銀、赤や青にオーナメントがキラキラと輝き、弥が上にも私の気持ちは高鳴ってくる。

ナイトガウンの下に、友だちがプレゼントしてくれた色っぽい下着を身につけた。

十分覚悟はできているはずなのに、いざとなると気持ちが落ち着かない。

騒ぐ気持ちをはぐらかすように、夜景が綺麗とか、ツリーがかわいいとか照れ隠しにはしゃぐ。

「見て啓介さん、このオーナメント、スノーボールの中に家がある」

「ああ、本当だ。綺麗だな」

でも彼はやっぱり大人で、気もそぞろな私を後ろから抱きしめて、そっと囁いた。

「莉子、本当の夫婦になろうか」

彼が私の手からシャンパンのグラスを取り上げて、その長い指が私の頬を撫でた瞬間、私はもう彼しか見えなくなった。

重なる唇は、最初はゆっくりと。少しずつ深く角度を変えて、

「怖いか?」

彼はどこまでも優しいから、正直に頷いた。

だって初めてなんだもの。キスもそれ以上のなにもかも。

「でも、啓介さんならいいの。怖いけど怖くない」

「そうか、よかった」

抱き上げられて移ったベッドの上、見上げる天井にはツリーの光が反射していた。

体を滑る彼の指先と唇。体の奥から湧き上がる快感から逃げたくて。恥ずかしさに

顔を隠す手を「見せて」と避けられた。

「どこがいいのか。ちゃんと教えて莉子」

言えるはずがない。だけど言わなくても彼は正確にその場所を探りあてた。

「……ん、あぁ。啓介、さん」

自分の口からこんな声が出るなんて初めて知った。なにもかもが初めてで、それを教えてくれたのが啓介さんであることがうれしかった。

たとえ政略結婚だとしても、愛し合う夫婦になりたい。

そんな夢を彼は叶えてくれるように囁いた。

「莉子、愛しているよ」


ピピッと目覚まし音が鳴る。

覚醒するにつれ、微かに窓を打つ雨の音が聞こえてきた。

今日は雨か。冬の雨は冷たい。どうせなら雪のほうがいいのに。

ぼんやり考えつつ、重い瞼を上げた。

目に入るのは広いベッドの白いシーツで、いるはずの啓介さんがいない代わりに、ほのかに爽やかな香りがした。

啓介さんが使っているローションの香りだ。

耳を澄ますとバスルームから物音がする。彼はシャワーを浴びているのだろう。

ゆっくりとベッドから降りて、ガウンを羽織る。

啓介さんが出てきたら、私もシャワーを浴びようか。

結婚式からほぼひと月。名実ともに夫婦になった私たちは、湯気が立つようなほやほやカップルで、夕べも啓介さんはたっぷりと愛情を注いでくれた。

初夜を迎えるまで知らなかったけれど、心の満足と体の疲れはセットらしい。幸せでいっぱいなのに、体も頭も重たくて仕方がない。

「ふぁ……」

大きく伸びをして、寝室を出る。

私は今、夫に恋をしている。

どこまでも彼は大人で、多分恋なんてとっくの昔に経験済みで、恋愛未経験のお子ちゃまな私の心を掴むなんて簡単だったと思う。

結婚式の夜、ツリーが輝くスイートルームで私はストンと啓介さんに落ちた。彼の甘い沼に、すっぽりとはまったままだ。

『莉子』

あれは何時頃だったんだろう。

寝ぼけ眼のまま、返事の代わりに腕を伸ばして、彼の唇を受け入れた。

夢見心地のまま抱かれていると、甘い水の中で泳いでいるようだった。溺れそうになると、啓介さんの唇が空気を送ってくれて、彷徨う指先を彼の長い指先が絡めとる。

『莉子……。莉子』

何度も呼ばれながら。

なにが現実でどこからが幻だったのか、記憶は曖昧だけれど、体に残る余韻が夢じゃなかったと教えてくれた。

今日は日曜日だから、急な呼び出しがなければ家にいられるはずだが、どうだろう。

年末年始明けの忙しさもあって、ここ二週間ほどゆっくりふたりの時間を過ごせないでいる。

彼は内科ではなく脳神経外科医だ。脳神経外科の疾患は特に時間との勝負だと言われている。夜中でも早朝でも彼は急患に対応しなければならない。

だから仕方ないのよね。

ぼんやりと自分に言い聞かせ、そのままキッチンへ行きコーヒーをセットした。

頭も体もまだ眠い。ダイニングテーブルで頬杖を突き、響きはじめたコポコポというお湯が噴き出る音に耳を澄ませる。スモーキーなコーヒーの香りを鼻腔で感じていると、ふわりと髪を撫でられた。

「まだ寝ていればよかったのに」

啓介さんの長い指が頭皮を刺激する。

指先が首筋に触れ鼓動がぴくりと跳ねる。さわさわと妖しい感覚が呼び起こされそうになり、ハッとして体を起こす。

朝からおかしな気分になっている場合じゃない。

「おはよう、啓介さん。今日はお休みでしょ？」

「うん。救急がなければね」

シュンと心が沈む。

「莉子？」

少し低めの耳に心地よい声も、抱きしめてくれるときの力強さも、悲しいほど私の心を蕩かせる。

「どうした？　まだしたりない？」

「いじわる」

くすくす笑いながらまたキスをする。

「トーストとベッド、どっちがいいんだ？」

いくらなんでも朝からベッドだなんて言えるわけないのに……。

口を尖らせたところでおなかが色気のない音を立てた。

啓介さんが笑いながら私の頭を撫で、コーヒーカップに手を伸ばす。

「まずは腹ごしらえをしよう」

背中に漂う大人の余裕がちょっと憎らしい。

「シャワーを浴びておいで、なにか作っておくから」

「うん。ありがとう」

今日こそは一日中一緒にいたい。

同じ時間を過ごして啓介さんをもっと知りたい。

知れば知るほど完璧なあなたが、どうして私との結婚を選んでくれたのか。やっぱりわからないから。

でも一緒にいさえすれば平気。

この胸に疼く不安も彼から感じる壁も、ともに過ごす時間が長ければ長いほど消え去って、望んでいた愛し合う夫婦になれる日が来るに違いないから。それなのに――。

無情にも救急車のサイレンが聞こえてくる。

ここは病院に近いマンションゆえに救急があればすぐにわかるのだ。

そして啓介さんのスマートフォンが鳴る。

私が見つめる啓介さんは「ああ、わかった」と答えている。

交通事故で頭を打ってしまった患者さんが運ばれてきたようで、啓介さんは行ってしまった。

「ごめんな」と、甘いキスだけ残して……。

結局ひとりになってしまった。

家事を済ませてソファーの肘掛けに体を預けぼんやりとする。

時刻は十時、このままダラダラしてしまうとあっという間に午前中が終わってしまう。

「さあ、私もがんばらなきゃ」

気合いを入れて、医療経営士の教科書や医療経営に関する本を広げた。

もう少し勉強したら、事務局でバイトをさせてもらおうかと思っている。自分なりの意見を言えるようになって、いずれは秘書のような立場で経営に参加したい。

そう思いながら夢中で読んでいると、ルルルと家の電話が鳴った。

実家では電話は家政婦さんが出てくれた。

『お嬢様、電話は留守番電話に切り替わって、重要と思われるものだけ出ればいいんですよ。大事な方はスマートフォンにかけてきますから』

忠告を守って出ずにいるが、実際録音モードになると切れる電話ばかりで、一度も重要な電話はない。

今日も他愛もない営業電話ならいいが……。

呼び出し音が数回続き、録音モードに切り替わった。耳を澄ませると、ガサガサと雑音がしてクスッと笑い声が聞こえてくる。

この感じはまたあの電話に違いないと、心に暗幕が落ちる。

『寂しいねぇ。啓介さんは？　――またひとりなんでしょ。しょうがないよねー愛のない政略結婚だもん』

個人を特定できないような、女性のくぐもった囁き声と笑い声がして電話が切れる。

この手の電話は結婚して間もなくはじまった。最初は無言。それから少しずつ声が聞こえるようになった。

明らかな嫌がらせだ。

啓介さんはモテるに違いないから、嫌がらせのひとつやふたつ仕方ないとあきらめているが、どうしてここの電話番号を知っているのか。実家ならいざ知らず結婚して購入したマンションの電話番号なんてごく一部の人しか知らないはずなのに。

この件を、啓介さんには言っていない。

言いたくなかった。いつも忙しくて、家でゆっくりできる時間は少ない彼に、余計な心配をかけたくないし、不愉快な思いはしてほしくない。

不安はないわけじゃないけれど、たかが電話だ。これくらい嫌がらせではなくただのイタズラだと思うようにしている。

別になんでもないわ、と留守番電話の録音を消す。

ところが今度は私のスマートフォンが鳴った。

まさか、私のスマホにまで？

嫌な予感がしたけれど、表示されたのは母の番号だった。ホッと胸を撫で下ろして電話に出た。

「もしもし？」

『莉子、落ち着いて聞いて。お父さんが倒れたの』

えっ？

＊＊＊

そして――。

桜が咲くのを待たずに、父は亡くなった。

祭壇に飾られた遺影はつい一年前の写真。父はいつものように優しい微笑みを浮かべている。

あの頃は元気だったはずなのに……。

見る見るうちに痩せ衰えて、倒れてから亡くなるまであっという間だったと思う。

父が末期の膵臓ガンだと知らされたのは、倒れた後だ。父の意向により、私や弟には秘密にしていたらしい。

一年以上前からわかっていたようで、そういえばと心当たりはいくつもあった。顔色もよくなかったし、ときどき伏せるようになっていた。

私がまだまだ子どもだったから、父は心配して言えなかったんだろう。

私の結婚を強く望んでいた理由も、今ならわかる。病院のためというよりも私の幸せを自分の目で確かめたかったに違いない。

「莉子」

振り向くと、啓介さんが少し屈んで心配そうに私を見つめていた。

「そろそろ俺は病院に戻らなきゃいけないが、大丈夫か？」

「うん。気にしないで行って。こっちは平気だから」

啓介さんは母に挨拶をして式場を後にする。

彼が乗った車が見えなくなると、もやもやとしたものが込み上げてくる。それがなにか考えたら最後のような気がして、意識的に振り切る。

父が病に倒れたあの日から、啓介さんはますます忙しくなった。

最近は寝室も別で、彼がいつ出かけたのか、帰ったのかもよくわからない。気づいたときに『いってらっしゃい』と声をかけるだけだ。

いつの間に、こんなに遠い存在になってしまったのか。

父が倒れるまでのひと月は恐いほど幸せだったのに、今となっては夢でも見ていたような気さえする。

私は啓介さんに恋をして、暗い海の中で溺れてしまったのかもしれないな。

這い上がった先は、父のいない冷えた現実……。

人がいなくなった祭壇の前に立ち、父の遺影を見上げた。

父が私の結婚を急いだのも、余命幾ばくもないという事情があったからだと、啓介さんは知っていたらしい。

お見合いの席に着く前に聞かされていたようだ。

父が私に残した最期の言葉は、『啓介くんがいるから、後の心配はないな。莉子、啓介くんと幸せにな』だった。

お父さん、私の結婚はお父さんを慰められた？

少しくらいは親孝行になったのかな……。

手を合わせ父の冥福を祈り、顔を上げると母と弟が隣にいた。

「僕が医者になれないばっかりに、心配かけて……ごめんお父さん」

弟の健《たける》がポロポロと涙を流し、母が健の肩を抱き寄せる。

「健、いいのよ。病院は啓介さんっていう立派な跡継ぎができたから」

言ったそばから母は溜め息をつく。

「それにしても啓介さんは、こんなときも手術だなんて、大変ね」

「仕方ないわよお母さん。患者さんがいるんだもの」

「だけど、医者は啓介さんだけじゃないのよ？　脳外の先生も新たに何人も迎えたんでしょ」

反論せず、私は母の肩を抱いた。

そうだよね、お母さん。私もそう思う。

口にしたらお終いだから、言わないだけよ。

父が入院中、母も私も多くの時間を山上総合病院で過ごした。

ずっと個室にいるわけじゃない。併設されたコンビニに行ったり、父に代わって事務室に行ったり、病院にいるといろんな話が耳に入った。

皆揃って心配してくれたけれど、ときには聞きたくない父の評判まで聞こえた。

『島津先生ってほんと、すごいわよね。医者としてもだけど、経営者としても優秀。ようやくこの病院も未来が見えてきたって感じ』

『そうそう。正直言って山上理事長は人柄がよくても、先生たちになめられてて、ちょっと、あれじゃ心配だったから』

山上は、代々続く医師家系で、山上総合病院は曾祖父が大きくした病院だ。父は理事長職に専念するため医師としては現場を離れた。

祖父がワンマン経営で意見の合わない医師やスタッフと対立しているさまを見ていたので、父はなるべくスタッフの意見を取り入れた病院経営を目指していた。

でも、私も薄々は気づいていた。父は経営者としての才能はあまりなかったかもしれないと。

啓介さんがほんの数カ月で立て直したのが、その証拠だろう。

古くからいた看護師長も、幹部だった医師も、啓介さんと合わずに辞めてしまったらしいが、結果をみればそれでよかったのだ。

看護師やスタッフの噂話は多分間違ってはいない。

でも、耳にするのはつらかった。

父には父のよさがあったはず。啓介さんとは違った長所があった。ちょっとおっちょこちょいだけれど明るくて。父はいつだって患者さんに寄り添って、本当に優しい人だった。

今日のお通夜も、父が現役時代の患者さんがたくさん駆けつけて、父のために涙を流してくれた。

『山上先生はとっても優しかったんです。本当に親身になってくれて』

患者さんたちは口々に言ってくれたのである。『いい先生だった』と。

親としても最高の父だった。

啓介さんが完璧なだけに、頼りなく見えてしまっても仕方がないと思う。

父も啓介さんも、なにも悪くない。大丈夫、私がわかっていれば、それでいいと自分に言い聞かせる。

ふいに母が大きな溜め息をついた。

「なんとなく嫌だわ」

「お母さん？」

「ご覧なさいよ、このがらんとした会場。病院関係者は誰もいないのよ。お父さんが命を削って守ってきた病院なのに」

「でも通夜の式には大勢の人が参列してくれたじゃないか」

健がそう言って母を慰めたが、私は母の気持ちがわかる。多分健だってわかっている。口にしないだけだ。

最後まで残ってくれたのは、すでに病院を退職している父の側近だった人だけで、現役の関係者はいない。もちろん病院に休みはないようなものだから彼等を責めはしないが。

それでも事務方くらいは、と母は思うのだろう。

「お母さん、明日の告別式はもっと大変なんだし、今のうちにしっかり休んで。あとは私が引き受けるから」

「そうね。じゃあ休ませてもらうわ」

健に母の付き添いを頼み、私は会場入り口脇の休憩コーナーに腰を下ろす。

今夜は母と弟と三人で式場に泊まり、父に付き添うつもりだ。

お通夜の夜は長い。遅くなっても駆けつけてくれる人がちらほらといる。ひとりずつ挨拶をしてお礼を述べていると、若い女性が現れた。

喪服がやけに似合う、一度見かけたら忘れられないような美しい人だ。父の患者さんか、ご家族の方だろうか。

お焼香を済ませた女性にお礼を告げた。

「本日はありがとうございます」

ご愁傷様ですと型通りの挨拶を済ませた女性は、薄く微笑んだ。

「啓介さんはやはりいらっしゃらないのね」

——啓介さん?

ざわざわと胸騒ぎがする。

「病院が忙しいので」

フッと、私の言葉を弾くように、彼女は鼻で笑った。

「病院ねぇ。こんなときになんですけれど……」

彼女はおもむろにお腹をさする。

よく見れば喪服のワンピースのおなかあたりが少し膨らんでいた。

「あの人、お嬢さんと結婚して、大病院を手に入れたわけだ」

「――あなた、いったい」

いったいなんなの。

「もしかして電話の人ですか」

「電話？」

無言電話にイタズラ電話、少し前にはファックスもあった。

電話は非通知だったが、ファックスの隅には山上総合病院の名前が記されていた。

送り主は病院内の人物に違いない。看護師か、それとも事務員か。

【早く離婚しろ、ゴミ】

【お荷物一家、さっさと離婚してよ。彼の子どもが生まれちゃう】

あれは、全部この人だったの？

「お嬢さん、私あなたと一度会っているわよ？」

彼女は不敵に微笑む。

「あなたの目の前で、啓介さんと話をしたのに」

身長が一七〇センチを超えるような切れ長の目をした美人と必死に考えて、ふと、思い出した。

「あっ、あなたもしかして」

「ようやく思い出しました？」

啓介さんと新居で使う家具を見に行ったときだ。駐車場で啓介さんが落ちていたスマートフォンを拾い『届けてくるから、先に待っていて』と車の鍵を渡してきた。

助手席で待っていると、啓介さんがとても背の高い美人と話をしているのが見えた。

あまり気にしなかったのは、戻ってきた啓介さんが『あの人のスマートフォンだった』と言ったからだ。

何気ない出来事なのに、記憶に残った理由は、彼女がジッと私を見ていたから。

クスッと彼女が笑う。

「私がわざと落としたの、スマホ。よーく思い出して。あの日の夜、彼は家に帰らなかったわよ？　私と会って熱い夜を過ごしたから」

あれは結婚前だ。あの日、私は家に送ってもらって別れたと思う。啓介さんが彼女と会っていたとしても、わからないが、まさか――。

「啓介さんとはどういうご関係なんですか？」

思い切ってはっきりと聞いた。

「うーん。ちょっと言いづらいわねぇ。ただ、はっきり言えるのは」

彼女は指先を口もとにあて、フフッと笑う。

「山上総合病院は、いずれこの子のものになるわ」

挑むような強い目の力に気圧されて、言い返したいのになにも言葉が出てこない。

「なにも知らなそうだし、かわいそうだから、こっそり教えてあげる」

そう言って彼女は私の耳に顔を近づけて囁いた。

「彼はね、彼のお父様が代表を務めるゼネコンＳＩＭＡ《シーマ》の再開発事業のために、あなたと結婚するように命令されたのよ」

「再開発？」

「そうよ。あなたのお父様、反対だったそうね」

冷たいものが心にヒタヒタと落ちてくる。

病院の周辺で再開発の事業。父は反対だったと聞いている。結局、事業区域内に病院は含まれないことになり、その後、病院を対象区域外にして事業は進んでいると聞いた記憶がある。

でも、あの事業が啓介さんのお父様の会社が進めているとは知らなかった。

「お嬢さん、あなた本当になにも知らない箱入り娘なのね。彼が病院を手に入れれば、また計画には病院が含まれる予定なのよ？」

ニヤリと口角を歪めた彼女は、スマートフォンを手に取る。

「まあいいわ。とりあえず私と彼が〝特別〟に親しいという証拠を見せてあげる」

私に差し向けられた画面には、彼女と啓介さんが笑っている写真が表示されていた。

「ああ、これよ。スマホを拾った日の写真。ほら日付も残っている」

ノースリーブの黒いワンピース。そう、あのとき彼女はこのワンピースを着ていた。

長い黒髪に黒いワンピース。薄く微笑んだあの日の彼女の赤い唇が、怖いほど鮮明に脳裏に浮かぶ。

「じゃあまたね、お嬢さん」

呆然と女性を見送り、彼女が見えなくなると、のろのろとカウンターに行き、弔問客の名簿に記された名前を確認した。

鈴本《すずもと》小鶴《こつる》。

住所は港区で終わっている。芸能人みたいな名前だが本名だろうか。

啓介さんに会いに来たのだろうか。

なぜ父のお通夜を知っているの？　公表していないのに。

喉が締めつけられるような感覚になり大きく息を吸うと、胸のあたりが苦しそうに震えた。

脳裏に渦巻く疑念を払い、落ち着かなきゃと自分に言い聞かせる。

考えるより、今はとにかく気持ちを沈めるのが先決だ。私の問題は後でいい。心静かに父を見送らなければ。

温かい飲み物でも飲もうと、ひとまず自販機の前に行きココアのボタンを押す。

体が温まれば、心も少しくらいは落ち着くはず。

「姉ちゃん」

振り返ると健が心配そうに眉尻を下げて私を見ていた。

身長は私より高いのに心細そうで、こういうときはまだ子どもだなと思う。

私がしっかりしないと。

「どうかした?」

「大丈夫か? 後ろ姿がすごく疲れて見えたから」

「気のせいだよ。まあでもちょっと疲れたかな。お葬式って大変だね。お母さんは?」

「布団に横になったよ。さっきの人、誰?」

健も見たのか、鈴本小鶴さんを。

「ああ——患者さんの家族だって」

嘘だけれど、そうとでも言うしかない。

波立つ気持ちをごまかすようにココアを飲む。

「へえ、随分綺麗な人だね」

そうだね。綺麗で堂々としていて強い人だ。

啓介さんの隣に立つと、ふたりはとてもお似合いだと思う。写真の中でも雰囲気のよく似た美しいカップルだったから。

彼女に見せられたスマートフォンの写真は、一枚や二枚じゃなかった。

ふたりが写った写真は何枚も何十枚もあって、彼女の髪型は長かったり短かったり、啓介さんも今よりもう少し若そうな頃から、私がよく知る彼まで。歴史のあるふたりの記録がたくさんあった。

『この写真が一番最近ね。確か、先週よ』と彼女が指さした写真では、啓介さんはグラスを傾けていた。氷が入った琥珀色の液体は多分お酒だろう。

『かわいそうに彼、寝る暇もないほど働かされてクタクタだって言っていたわ』

そして彼女は最後に『安心して、お嬢さん』と言った。

『いますぐに出ていけとは言わないわ。少し時間をあげるから、よーく考えてね』

彼女の不敵な笑いを思い出した途端、ぐらりと目眩がした。

額に手をあててうつむくと、涙が込み上げてくる。

「姉ちゃん？」

「あ、ごめん。やっぱり疲れたみたい。ちょっとトイレに行ってくる」

ここでは泣けない。お父さんをちゃんと送り出すまでもう少しがんばらなきゃ。トイレの個室でゆっくりとした呼吸を繰り返し、今後の手順を考えた。明日は遠くから来る親戚もいる。私には泣いている暇なんてない。

夜の九時を境に会場の扉は閉ざされ、弔問客の足も途絶えた。

今夜は寝付けないかとあきらめていたけれど、献杯がてら少し口にしたお酒と身体の疲れが、眠りへと誘ってくれた。ここ数日ほとんど眠れなかったのが功を奏したらしい。

翌日の告別式に納骨と、息つく暇もなく時は過ぎた。

墓地の近くの小料理屋で会食を済ませ、これで行事のすべてが終わる。親族を見送るとようやく肩の力が抜けた。

ハァ、疲れた……。

この一週間で一気に老婆にでもなったような気分だ。

いっそこのまま年老いてしまってもいいと、ふと思う。閉じた瞼を開けたとき、十年二十年が過ぎていれば、この悲しみや煩わしさもなにもかも乗り越えているはず。

啓介さんとの関係も。

「——莉子？」

振り返ると、啓介さんが気遣わしげに私を見つめていた。

もしかすると何度か呼ばれたのかもしれない。

「大丈夫か？」

「あ、ごめんなさい。ホッとしたら力が抜けちゃって」

「とにかくゆっくり休んだほうがいい」

「うん。今日は早く休む」

啓介さんは私の額に手をあてる。熱をみているんだろう。

「疲れがとれないようなら病院においで。疲労回復の点滴をしよう」

できるだけ明るくにっこりと頷いた。どんなにつらくても、行くつもりはないから。

啓介さんは腕時計を見る。

「俺は一旦病院に帰らなきゃいけないが……」

「わかった。私はお母さんと一緒に実家に行くね」

「すまない。一緒にいてあげたいが手続きとかいろいろあってな」

彼は本当に申し訳なさそうに表情を沈ませる。

「ううん。心配しないで病院に行って」

「じゃあ」と、背中を見せる啓介さんに声をかけた。

「あ、啓介さん、ありがとうね、いろいろと」

彼は知り合いの弁護士を手配してくれた。

弁護士事務所の事務員の女性がとてもまめな人で、葬儀屋との細々したやりとりまで引き受けてくれたし、相続やら厄介な手続きも彼らのおかげで随分楽できそうだ。本当にありがたい。

「別にいいさ、なにかあったらすぐに連絡するんだぞ。無理はしないようにな」

「うん。啓介さんもね」

手を振って、彼を乗せた車を見送り、車が角を曲がり見えなくなったところで、顔に貼りついた笑顔がはらりと落ちた。

何気なさを装い、母に再開発事業の話を聞いてみると、私と婚約が決まったときに父は病院が持っていた土地の一部をＳＩＭＡに明け渡したそうだ。

『持参金代わりくらいにはなったんじゃない？』と、こともなげに母は言ったが、結局、彼女の言った通りだったのだ。

啓介さん、子どもはいらないって、彼女の子どもがいるからなの？

ねえ啓介さん、私、なにを信じたらいいのかな。

もし、ただ利用されたのだとしても、ありがとうと思う気持ちに嘘はない。

彼は恩人だ。啓介さんがいない状態で父が倒れていたら、私たち母子はただ路頭に迷うだけだった。

心から感謝をしている。

でも、もう信頼はできない。

愛人に子どもまでいるのに、見せかけの優しさで私をまんまと騙したの？

ちょろいと笑っていたの？　小鶴さんと。

湧き上がる疑念にゾッとして頭を覆う。

私もうだめだ。

あなたの隣で笑えない。

＊＊＊

父の葬儀が済んだ数日後、私は妊娠に気づいた。

現在、妊娠十四週目。

あいかわらず啓介さんは忙しいし、私も亡くなった父の遺品や書類の整理やらで慌ただしい日々を過ごしている。

悪阻も酷く体調は最悪だけれど、すれ違いが多いおかげで妊娠を気づかれずにいる。

正直、私は途方に暮れていた。

子どもを授かったことは、とてもうれしいけれど……。

子どもが欲しくないと言っていた彼に、どう伝えたらいいのか。ましてや小鶴と彼女のお腹の子の存在を知ってしまった今、喜んで妊娠の報告をする気持ちにはなれないのだ。

このままずっと黙っているわけにはいかないとわかっているが。

ぐずぐずと結論が出せず時間だけが過ぎたある日。ちょうどタイミングよく、啓介さんはアメリカの医療施設の視察の日を迎えた。

期間は二週間。彼は断ろうかと迷っていたようだったが、以前から計画していたのだから行ったほうがいいと、私が強く勧めたのだ。

これで猶予ができた。

啓介さんが戻ってくるまでの間に、じっくりと考えたい。妊娠をどんなふうにいつ彼に知らせるか。

実家の自室で広げていた妊婦向けの雑誌に目を彷徨わせ、彼に知らせなくて済む方法はないのかな、などと無理なことを考えた。

溜め息をつき、空を見上げると、ふいに〝離婚〟の二文字が雲に浮かんだ――。

「莉子、ちょっといらっしゃい」

ハッとして部屋を出た。

「お客さんは帰ったの?」

「ええ」と頷く母の声は心なしか暗かった。

さきほどまで父の側近だった元外科部長が来ていた。年齢は六十歳くらいか。すでに山上総合病院を辞めているが、葬儀には最後まで付き添ってくれた義理堅い人だ。

『先日はありがとうございました』

挨拶だけ済ませて自室に行ったのだが、そのとき彼は複雑な表情で苦笑を浮かべているように見えた。

なにかあったのか。

「これをご覧なさい」

ソファーに座るなり、母が写真を並べていく。

「えっ」と思わず声が出た。

私の知らない女性たちが写っている。

一枚目は、女性と啓介さんが寄り添うように歩いている写真だ。背景はホテル街である。次はまた別の女性とホテルに入っていく写真。今まさに女性とホテルの部屋に入っていくものもあった。

「〝申し訳ありません。勝手に調べてしまって〟って言ってたわ。彼が言うには、最近雇った女性秘書とも関係があるそうよ」

啓介さんが理事長代理になって間もなく雇った秘書のことだ。父の葬儀にも来たので知っている。すらりとした美人だ。

元外科部長は、『女性問題だけでなく、もう看過できないところまできているんです』と訴えてきたらしい。

「〝島津くんは横暴がすぎる。なにか胡散臭い気がして調べてみたらこの通り〟だってね」

山上総合病院は今や島津総合病院ね、と力なく笑う母に、なにも言えず下を向く。

でも、私にならまだしも、母にこの写真を見せるなんて酷いではないか。

元外科部長の勝手な行動には怒りが沸いて唇を噛んだが、同時に背中を押されたような気がした。がんばらなくていいんだと。

「――お母さん」

もう終わりにしよう。

「私、啓介さんと離婚しようかな」

母は私の肩を抱き寄せ、ぎゅっと抱きしめてくれた。

「でも、子どもは、産みたいの」

啓介さんが好きだという気持ちは変わらない。

彼の愛はもう望むべくもないが、彼との間にできた私の赤ちゃんは守りたい。

「お母さん、私。啓介さんに知らせないで、静かに出産したい」

母のすすり泣く声が聞こえた。

「莉子。お母さんはいつでもあなたの味方よ。大丈夫。思った通りにしたらいいわ」

今日が最初で最後というつもりで、私は母の胸で泣いた。

悲しいわけじゃない。忘れるための涙だ。

なにもかも洗い流して、綺麗で大切なものだけを心に残そう。

いくらか気持ちが落ち着いた二日後、私は幼馴染みと会う約束をした。

学校帰りや休日に足繁く通った路地裏にあるカフェは、当時の面影のままレトロな雰囲気を残している。

看板メニューは、季節のフルーツがたっぷりと乗ったパフェ。来る度にわくわくしながら食べたっけと遠い昔を懐かしみつつ、今日は飲み物だけを頼んだ。

チリンチリンとドアベルが鳴り、古びたドアから客が出て行く。

ふと、客が薄着だったのに気づいた。

考えてみれば三月も半ばである。寒く冷たい冬は終わったのだ。

「──そうか」

しみじみと深い溜め息を吐くのは、幼馴染みの瑠々《るる》だ。双子の兄、琉樹《るき》も同じように溜め息をつき、アイスコーヒーに手を伸ばす。

ちょうど今、ふたりに東京を離れることにした理由をひと通り話して聞かせたところだった。

「すっごい素敵な旦那だと思ったのに、とんだ仮面男だったたね」

瑠々は憮然として頬を膨らませる。

「もともと政略結婚だったしね。母とも話したんだけど、病院はもういいの。私も弟も病院の経営をする自信はないし。長野《ながの》にいる友だちがリンゴ農家をしているんだ。とりあえずそっちで出産して生活するつもり」

「いいんじゃない？　なにも考えないで、田舎でのんびりするのは体にも心にもいいと思うよ。私は賛成。遊びに行くからね！」

「うん」

アイスコーヒーのグラスをテーブルに置いた琉樹は「でもさ」と、ポツリと言った。

「俺は、旦那さんと話をするのが先だと思うけどな」

「だから、そういう負担は母体によくないの！」

瑠々がバシッと琉樹を叩く。

「いざとなればさ、琉樹がお腹の子のパパってことにしちゃえばいいよ。そうなればあのイケメン旦那だって納得するでしょ」

「えっ、なに言ってんだよ」

「それいいねー。お願いしちゃおうかな」

ギョッとする琉樹を笑いながら、明るいふたりに私は大きな力をもらった。店に来るまでの重たかった心が、今は随分軽くなっている。

なんとかなるよね？

お腹の子に問いかけながらそっと撫でると、温もりが返ってくる。

なんとかするから心配ないよ。

私はひとりじゃない。この子を守るためならなんでもできる気がした。

勇気百倍になったその足で、私は離婚届をもらいに行った。

荷物はすでに運び出してある。

がらんとしたひと気のないリビングを見回し、ふざけあってキスを交わしたソファーに目を留めた。

幸せだった日々が消えるわけじゃない。彼の気持ちはどうあれ、私は本当に啓介さんを愛していたから。

テーブルの上に離婚届を置いて「ごめんね」と呟いた。

啓介さんが帰国するのは四日後だ。

昨日もメッセージのやりとりをした。

【一緒に研修に行っている脳神経外科医をスカウトできそうだよ】

【すごい！　がんばって啓介さん】

【わかった。がんばるよ。そっちは変わりないか？】

【大丈夫。なにも変わりないわ】

そう返しているのに出迎えもなく、離婚届があったら彼は戸惑うだろう。

本当は琉樹が言った通り、啓介さんと話をするのが先だとわかっている。

でも、ごめんなさい。私は、恐いの。

だってもし啓介さんがすべてを認めたら、どうなるの。彼が最初に言った通り、子どもは欲しくないって言われたら。

私はあなたの口から聞く勇気がない。

さようなら、啓介さん。山上総合病院をお願い致します。

——今までありがとう。

＊＊＊

私は母に付き添ってもらいながら、長野に行った。

「軽井沢はいいわねー、やっぱり落ち着くわ」

「うん」

澄んだ空気を思い切り吸うと、心の霧まで晴れたような気がした。

「莉子がこっちで落ち着いたら、私も移住しようかしら」

母もすっかり山上総合病院から気持ちが離れてしまったらしい。

「お母さんたら、健もいるんだからもうちょっとがんばって」

駅には友人の高田夏美《たかだなつみ》こと、なっちゃんが迎えに来てくれた。

大学時代からの友人なっちゃんの家は、リンゴ狩りなどの観光地としても知られる大きなリンゴ農家だ。全国へ配送したり、直営のカフェやリンゴのジャムの商品開発など手広く事業を展開していて、人手はいくらあっても足りないという。

私が正直に事情を話すと、彼女は快く迎えてくれた。

『事務の仕事でもなんでもあるから、体調に合わせて手伝ってくれたらいいよ。子どもを背負って働いている人もいるんだ。安心して働いて』

軽井沢ではなっちゃんの家の敷地内にある、民泊用コテージで暮らすことになっている。アパートや別荘を借りるのもいいが、妊娠中不測の事態があったときにすぐに対処できるようにと、なっちゃんと相談してしばらく借りることに決まったのだ。

狭いけど大丈夫？と彼女は心配してくれたけれど、台所もユニットバスもあるし、ワンルームとはいえロフトもあるし、ベッドのほかにソファーもあって、ひとり暮らしには十分な環境である。

「莉子のお母さん。莉子のことは私に任せてください！」

なっちゃんの心強い発言に母もホッとしたようだ。

「ときどき様子を見に来ますので、どうぞよろしくお願いします」

出産予定日まであと半年。その前に離婚が成立すれば東京に帰って出産するつもりだが、まだわからない。

啓介さんが応じてくれなければこのまま軽井沢にいて、母かサトさんがこっちに来てくれることになっている。

必要な買い物を済ませ準備を整えたところで、母も安心して東京に帰った。

次の日から私は早速働きはじめた。

精神的にホッとしたせいか、幸い悪阻も落ち着いてきていて体調もいい。忙しく働きながら、ひとまず啓介さんの存在を忘れようと思う。

ペーパードライバーを卒業し、車の運転もはじめた。

もう少し慣れたら気晴らしにドライブもしよう。

軽井沢の春は遅く、桜が咲くのは五月になってからだそうだ。その後リンゴの木が白い花をつける頃には、いくらか気持ちも楽になっているだろう。

そんなことを思いながら田舎道を進み信号を待ちでスマホを見ると、瑠々からメッセージが来ていた。

【軽井沢はどう?】

【空気が澄んでいて気持ちがいいよ。いつでも遊びに来て！　リンゴバターとっても美味しいよ】

信号が青に変わって間もなく、今度は電話の着信があった。

広い路肩で車を停め、画面を見ると東京の実家にいるサトさんからの電話である。

今日は啓介さんが帰ってくる日だとわかっていたが、スマホと電話番号も変えていたので、安心していた。もしかして、啓介さんからなにか連絡があったのか。

「もしもしサトさん？」

緊張して耳を澄ます。

『旦那様がお見えになりましたよ』

「えっ？　啓介さんが来たの？」

『ええ、たいそう焦ったご様子で、お嬢様はいるかと聞かれました』

ズキッと胸が痛んだ。

『もし行き先がわからないようならどんな手を使ってでも調べると必死なご様子で仰るものですから、それは止めてほしいとお断りしておきました』

サトさんにも口止めをお願いしている。

「それで、啓介さんはなんて？」

『とにかく会って話がしたいと』

彼がそう思うのは当然だ。

「──でも、私は」

半年待ってほしい。子どもを無事に出産するまで、とにかく待ってほしい。勝手だとわかっているけれど、今啓介さんと向き合う勇気はない。

『大丈夫ですよ、お嬢様。お嬢様を信じて、時間をあげてくださいとお伝えしておきました』

「ありがとう」

『旦那様は、せめてなにがあったのか教えてほしいと仰いましたが、いろいろですとだけ……』

困惑するサトさんの顔が浮かぶようだ。

「ごめんね、サトさん。私は啓介さんとまだ話せない」

『いいんですよ、お嬢様。逃げることが必要なときだってあるんですから。ご自分を責めないでくださいね。今はお体のことだけを考えて』

「ありがとう。サトさん……」

サトさんの優しさに嗚咽が漏れそうになり、早々に電話を切った。

ごめんなさいサトさん、啓介さん。

この子を産んでしまえば、啓介さんに出産を反対される心配もなくなる。そうすれば私は逃げも隠れもせず、落ち着いて彼と向き合える。

だから半年待ってほしい。ちゃんと決着をつけるために、どうしても必要な時間だから。

それから数日後、サトさんから荷物が届いた。

中にあったのはタンポポ茶など私の体を気遣った飲み物や食材が入っていて、封書もあった。サトさんの手紙には、再び彼が来たとの報告があり、そのとき彼から預かった伝言が記されていた。

【旦那様は〝いつまでも待っている〟と伝えてほしいと仰っていました】

怒っていいのに。理由も言わず勝手に消えたりして、むしろ啓介さんから離婚されても当然なのに、どうして待つの？

スーツケースを手に心配そうに私を振り返った彼が、瞼の裏に浮かんで滲む。

手をあげた彼の微笑みは涙の粒になり、ポタリと手紙に落ちた。

復讐にきました

そして半年後。

私は約束を果たすために、彼に会いに来た。

子どもの出生届を出した後、確認のために戸籍謄本を取ると、彼はまだ離婚届を出していないとわかった。

鈴本小鶴のほうが先に出産したはずだから、彼は一刻でも早く離婚したいだろうに、どうしたのか。戸籍謄本には子どもを入籍した記載もなかった。

もし私への義理を感じているなら、早くすっきりさせてあげようという気持ちで、東京に戻ってすぐ彼のスマートフォンに電話をすると、なぜか電話に出たのは秘書だった。

『先生は現在オペ中です。間もなく終わると思いますが』

病院の理事長室で事務的に話を済ませたほうがいいと判断し、『わかりました。では、これからそちらに伺います』と言付けたのである。

プライベートな電話に出るなんて、元外科部長が言っていた通り美人秘書も彼の愛人なのだろうか。

だとしてももう私には関係ない。

冷めた気持ちのままつらつら思い返し、決意も新たに胸を張ると、啓介さんが席を立った。

「とりあえず座ったらどうだ」

彼は応接用のソファーに移動する。

本当はこのまま帰りたいけれど、問題発言だけを残して出ていくわけにもいかず、私も応接用ソファーに向かう。

父の代から変わっていないソファーとテーブルを見て、懐かしいなと子どもの頃を思い出した。

父が理事長だった頃は、こっそりこの理事長室に遊びに来た。休日なのに忙しく働く父のために、お弁当を届けにきたりしたが、啓介さんが理事長になってからは一度しか入っていない。

父が倒れて啓介さんが理事長代理になり、父が亡くなってすぐ啓介さんが正式に理事長になった。

家具は昔と同じでも、部屋の雰囲気は随分違う。

いくつかあったはずの観葉植物も、父が癒やしにしていた水槽もなくて、無機質で冷えびえとした空間である。

この部屋だけじゃない。病院の外壁も綺麗に塗り替えられていたし、外来受付も真新しくなっていた。

病院の入り口からここに着くまでの間に見かけた看護師も医者も、私が知らない顔ばかり。今この病院にいるのは、私が先代の理事長の娘だとは知らない人々だ。

亡き父はこの状況をどう思うだろう。

唇を噛みながら無念な思いを押し殺し、向かい側の三人掛けソファーの中央に腰を下ろす。

「それで、今どれくらいなんだ？」

一瞬なんの話かわからなかった。

「子ども。産んだんだろう？」

えっ、あ、そうだ。

『私、浮気をして子どもを産んだんです。だから、離婚しましょう』

挨拶して間もなく自分で言ったんだった。

「まだ二カ月くらいです」

病院の駐車場でサトさんに見てもらっている乃愛を思い浮かべる。

泣いてないといいけれど……。

「それで、相手の男は？」

長い脚を組み、肘掛けにかけた右腕の指先に顎をのせた彼の表情からは、どんな気持ちでいるのか読み取れない。

「言えません」

「――離婚の条件は？」

「私があなたに差し上げられるのは、この病院の権利くらいです」

今は完全に赤字経営から脱却したようだと母から聞いている。

不貞の慰謝料として十分なはずだ。

彼はこの病院が欲しくて私と結婚したのだから、満足するだろう。思う存分彼の実家と再開発計画を進めたらいい。持参金に渡した敷地の一部ではなく、すべてが手に入るなら彼も、彼の実家もさぞ喜ぶに違いない。

「なるほど」

視線を彷徨わせ、ひとりごとのように彼は呟いた。

「いなくなった時点で、妊娠を知っていたわけか……」

遡って計算しているのかもしれない。

その様子に緊張してしまい、うつむいてギュッと拳を握る。

「とりあえずわかった。だが、念のため子どもは鑑定してもらう。俺の子かもしれないからな」

え、そ、それはまずい。

喉をゴクリとさせながら平静を装った。なんとしても彼との親子鑑定は避けないと。

「俺の子なら、手放すわけにはいかないし」

「嘘でしょ？　あなたは子どもが欲しくないって」

「事情が変わったんだ。生まれたなら話は違う」

「そんな……」

だって、あなたには私以外の女性との間に子どもがいるじゃない。その子がいれば十分なんじゃないの？

「なに百面相してるんだ？　おもしろい顔になってるぞ」

啓介さんは楽しそうにあははと笑う。

「ちょっと、笑い事じゃないでしょ！」

「そうか？　笑うしかない状況だろ。俺があくせく働いているうちに、妻が浮気をして子どもまで産んだって言うんじゃな」

そ、それはそうだけど。

「その子の親権を要求する。それから、あいにく君が離婚の条件にあげた病院の権利は必要ない。もし離婚するなら俺がこの病院にいる理由はないからな」

「えっ？ この病院が欲しいんじゃないの？」

彼は怪訝そうに眉をひそめる。

「俺がなんのためにこの病院の理事になったと思ってるんだ？」

「それは——」

そうよ、あなたがここに来た目的はわかってる。

「ここの再開発が理由でしょう？」

啓介さん個人が病院を欲しいわけじゃないとしても、島津家はここが必要なはずだ。

それなのに、彼は「再開発？」と、首を傾げて眉をひそめる。

まるで寝耳に水と言わんばかりだ。

「ああ、あれか。でもこの病院は直接関係ないじゃないか。まあ近くに総合病院があるという謳い文句にはなるらしいが」

「でも、結婚するときにいくらか土地を渡したって。この病院が手に入れば、また再開発範囲に入ると聞いたわ」

渡した土地は彼と結婚するための私の持参金だ。

「病院から少し離れていた駐車場の一部は安価で買い取ったが、そもそも病院自体が開発区域に入ってはいないし、これからもその予定はない」

「買い取った？」

渡したんじゃないの？

「ただでもらうわけにはいかないだろう？　それにあくまでもＳＩＭＡと山上総合病院の取引だからな。俺たちの結婚とは関係ない」

えっ、そんな……。

じゃあ、啓介さんが私と結婚して病院の理事になった理由はなに？

雲隠れした私と離婚もしないで、こうして理事長になってここにいるのは、どうしてなの？

混乱して目が泳ぐ。

まさか、ただ私を信じて待っていてくれたの？

だとしたら、私はなにか大きく間違っているのだろうか。

「ほかには？　なにが君を不安にさせてるんだ？」

啓介さんは落ち着いた声で聴いてくる。

「莉子、ひとつひとつ、ちゃんと話してくれ」

私がそう思った理由と考えてハッとした。動揺してうっかりしてしまったが、私はなにも一方的に啓介さんを疑ったわけじゃない。

鈴本小鶴。そう、私には切り札がある。

でもそれは最終手段。その前に――。

気持ちを切り替えて、バッグに手を伸ばす。

「こうなるに至った原因はこれです」

封筒から出した写真やファックス用紙を、テーブルの上に一枚ずつ並べた。

まずは嫌がらせの電話とともに送られてきたファックス用紙。

そして元外科部長から渡された、啓介さんが女性とホテルに入っていく写真と、さらに部屋に入る写真。相手の女性は三人だ。どこの誰かまでは調べていないが、この中にファックスを送ってきた女性もきっといるだろう。

これだけあれば、小鶴の話をしなくても十分離婚の理由になる。

ゆっくり手を伸ばした啓介さんは、まずファックス用紙を最初に手に取った。

【啓介さんの子どもができました。早く別れろ能無し妻】

【離婚はまだですかー。婚外子になっちゃうよ】

彼は怪訝そうにファックス用紙を見つめる。写真はちらりと見ただけで興味はないようだ。

「離婚を考えたのは、これが原因か？」

「ええ、まあ……」

きっかけはそうとも言える。決定打になったのは、鈴本小鶴と、自分の妊娠だが。

「これはいつ送られてきたんだ？」

「結婚して間もなく」

「これが送られてきて、探偵を雇ったわけか？」

「違うわ。写真はある人がくれたの」

元外科部長だとは言えないが、誰であれそこは関係ないはずだ。

「詳しく言うと、去年結婚してひと月後くらいから無言電話がかかってくるように」

啓介さんは頭を振って、大きな溜め息をつく。

「どうしてそのときに俺に言わなかった？」

「実家にも無言電話は昔からときどきあったから、気にしていなかった。病院を経営していると逆恨みとかもあるから」

医療ミスではなくても、亡くなった患者さんのご家族がやるせない怒りを病院にぶつけてくることがある。だが、それとは逆に、患者さんからのお礼状や元気になってから送られてきた写真が父の書斎にはたくさんあって、心の葛藤は相殺される。

母もその手の電話は、父には話さなかった。父が患者さんに対して誠実に向き合っていると知っているからだ。

私も母と同じように、啓介さんに心配かけたくなかっただけなのに。

「それも初めて聞く話だな」

責めるような言い方なので、ちょっとムッとして答えた。

「わざわざ言う必要はないと思ったの。イタズラだと思っていたから」

啓介さんはまたひとつ溜め息をついて、ジッと私を見る。

「無言電話が続いてから、その後は？」

「〝啓介さんと別れてください〟っていう電話がくるようになって、そのうちファックスも」

「それでも俺に言わなかったのはなぜだ？　すでにイタズラの域を越えているだろう」

諭されるように言われて「だって」と、唇を噛んだ。

「その頃は父も倒れて、啓介さんはずっと忙しかったし、余計な心配はかけたくなくて……」

思わず語尾が小さくなる。

父のことで、私は精神的に疲れ切っていた。

その上、啓介さんに、私のほかに女性がいるなんて考えたくもなかった。向き合うことから逃げたと言われればそれまでだけれど、心配かけたくなかったというのは本当だ。

啓介さんが病院のためにがんばってくれているのは、よくわかっていたから。

「確かにそうだな。あの時期はろくに話もできなかった」

そう言って啓介さんがうつむくと、罪悪感のようなものが込み上げてくる。

でも、どうしたらよかったんだろう。

無言電話があったとき、鈴本小鶴が葬儀に来たとき、元外科部長がこれらの写真を持ってきたとき。その時々で相談していれば、こうはならなかったのだろうか。

「母乳なのか？」

「えっ、あ……はい」

突然の問いかけに戸惑った。いきなりなにを言い出すの？

「ノンカフェインのコーヒーでいいか？」

「はい」

そうか、気にしてくれたのね。

啓介さんはコーヒーメーカーの前に行き、慣れた様子でセットする。

彼に用意してもらうのは少し抵抗があるが、どうせ離婚するのだと開き直った。

「いつも、自分でコーヒーをいれるんですか？」

「ああ。なにか変か？」

「いえ」

美人秘書にやってもらうんだと思っていたから、ちょっと意外だった。元外科部長の話の通りならば、彼女はまるで妻のように啓介さんの世話をしているらしい。

でも考えてみれば、彼は家でもごく自然に自分でコーヒーを淹れていた。ちょうど今のように。

浮気の証拠を突き付けたはずが、彼があまりに普通で戸惑ってしまう。

万が一、すべてが私の誤解だったらどうしよう。いやでも、鈴木小鶴は――。

彼女は私より先に出産したはずだ。男の子？　それとも女の子？　その子のことは抱いたの？

悶々と考え込むうち、コーヒーができあがったようだ。

啓介さんはコーヒーが入った使い捨てのカップを、私の前に置き、向かい側の席に座る。

「子どもの性別は？」

「女の子です」

「写真は？　見せてほしい」

本当は見せたくないけれど、スマートフォンを取り出して表示した。

産んですぐ、私が抱いている写真だ。

胸の中だけで『本当はあなたの子ですよ』と囁きながらスマートフォンを差し出す。

「病室で撮りました」

この時期はまだ小さくてよくわからないかもしれないけれど、啓介さんによく似ているんです。私みたいに垂れ目じゃないし、あなたの顔をそのまんま女の子にしたような顔で、とっても美人さんになると思います。

あなたに愛されなくても、私が倍の愛情で育てますから安心してください。

そんな私の心の声など知らず、啓介さんはなにを思うのかジッと画面を見つめた後、額に指をあててうつむいた。

喉仏が上下するさまがつらそうに見えるのは気のせいか。

普通の神経ならば相当ショックなはず。一方的な別居の果てに、浮気と不義の子まで告白されたのだから。怒ってスマートフォンを投げつけられても当然のことを私はしている。

後ろめたさに苛まれ視線を外に向けた。

「誤解だけは解くか」

啓介さんは、そう呟くように言ってから何度目かの溜め息をつく。

ゆっくりと顔を上げた彼は、私にスマートフォンを返してきた。

画面はすでに暗く、なにも表示されていない。

「電話とファックスについては俺も調べよう。記載された発信元からして、院内から送られたのは間違いないだろうし」

心当たりがないのかな。

「写真の女性は、ひとりずつ説明しよう」

啓介さんは、一度は封筒にしまった写真を取り出して並べた。

「この女性は製薬会社の女性だ。一緒にホテルに入ったのはここで講演会があったから。俺の前後に院長やほかの医師がいたはずだから、聞いてみるといい」

驚く間もなく、啓介さんは続ける。

「次、この女性は現在ここで働いてくれている内科医だ。以前俺がいた大学病院の同僚。この日は食事がてら山上に来てくれるよう説得した。ちなみに食事は院長も一緒だ。このとき彼は先に行って席を取っておいてくれている」

三枚目の写真に、彼は眉をひそめた。

「最後のこの部屋に入る写真、これが一番悪質だな。部屋の中には体調が悪くなったホテルの客がいる。入っていくのは俺と看護師だが、その前にホテルの従業員がいた。白衣を着ていない理由は説明しなくてもわかるだろう？　一流の高級ホテルへの気遣いだよ」

内心絶句した。

「よく見てごらん。俺が持っているのはドクターバッグだ」

嘘でしょ、と言いそうになり唇を噛む。

間違いない。啓介さんが持っているのは私もよく知る医療器具が入っている彼のドクターバッグである。どうして今まで疑問に思わなかったのか自分でも不思議なくらいだ。

彼の言う通りなら、すべては私の勘違いになってしまう。

「よく、見てみろ。このガラスに写ってるのは院長だ」

一枚目の写真を差し出し、啓介さんは大きなガラスに薄く映るスーツ姿の男性を指さした。

院長は片脚が少し不自由なため、杖を持ち歩く。ガラスにそれらしき影があり、言われればそうかもしれない。写真では啓介さんと女性が話をしているためか、絶妙にふたりきりに見えるが、少し離れている位置に連れがいても不思議はないのだ。

でも私は先入観からか、信じ込んでいた。

いったいなにが本当で嘘なのか、頭がおかしくなりそうだ。

「信じる気持ちがなければ、どう言おうと無駄だろうがな」

初めて耳にする冷ややかな声に顔を上げると、啓介さんは軽蔑するような目で私を見る。

突き放すような、不愉快さを通り越して呆れているような声と目に晒されて息を呑んだ。

苦しげに喉がゴクリと音を立てた。

「ただ、この調査会社は許せない。この写真三枚とも、俺の浮気を捏造する意図が丸見えだ。弁護士に頼んで法的措置を取らせてもらう。イタズラ電話についても調査する。結果浮気までされて子どもまで。こんな結果を招いた責任は取らせないとな」

私が怒鳴られたわけじゃないのに、背筋がゾッとした。

怖い。啓介さんは本気で怒ってる。彼の話が本当なら怒るのも無理はないが……。

「どこだ？　調査会社。この封筒には書いてないが」

「あ、そ、それは──」

どうしようかと悩んだが、啓介さんの言う通りならば、元外科部長が意図的に彼を陥れた可能性もある。

だとすれば元外科部長を庇う理由もなく、正直に告げた。

「なるほど。彼ならば納得だ」

思うところがあるのか、啓介さんは頭を振ってまた溜め息をついた。

「この件については弁護士を立てて調査する。それでいいな？」

「はい……」

彼はまた大きく息を吐き、コーヒーを手に取った。

私もカップに手を伸ばす。

落ち着かないといけない。彼の勢いに圧倒されず、自分の信念を貫かないと。

この写真がすべてじゃない。少なくとも鈴本小鶴という女性は本人が証言しているし、啓介さんが実際に彼女と会っているのは間違いないのだから。

少し冷めたコーヒーが喉を通り過ぎると、気持ちが少し和らいだ。

ふぅっと息を吐く。

「この病院の件だが」

啓介さんもコーヒーを飲んで少し落ち着いたようだ。声の様子がもとに戻った。

穏やかな響きにホッとする。

「俺はここを立て直すために、やむなく〝君たち〟の代わりに理事長席にいるが、登記上も含めてあくまで〝君の母〟の病院だって知っているよな？」

「――はい」

そんなに〝君〟を強調しなくてもいいのにとは思うが、彼の言い分はもっともなのでおとなしく頷いた。

「俺がここを欲しければ、とっくに俺の名義に変えただろう。そうすれば口座もなにもかも俺は自由にできる。なのにそれをせず、借金だけはすべて俺が保証人になった。そうする理由を考えみろ。喜んでこの席にいると思っていたのか？」

彼の理路整然とした説明に言葉を失って、反論ができない。

落ち着いて考えれば、確かにそうかもしれないと思う。

彼は保証人になってくれた。すべてを背負って。名義も確かに替えたとは聞いていない。

「どうしてそう思ったんだ？」

「え？　なにをですか？」

「俺がこの病院を欲しがっていると思ったんだろう？」

「それは……」

小鶴に言われたことが大きいけど、その前から不信感は募っていた。この際だから、すべて正直に言ってみよう。

「父の入院中、この病院に出入りして、私たちにはもう居場所がないと思ったの。父の側近だった部長たちも看護師も皆辞めてしまったし」

「不満げな言い方だな」

それはそうよ。あなたがクビにしたんだから。

私の心の抗議を感じたのか、彼は怪訝そうに首を傾げる。

元外科部長は『島津くんは横暴がすぎる』と言っていたと母から聞いたし、啓介さんが父派の医師やスタッフを疎んじたと信じ込んでいたが、違うの？

これもまた私の勘違い？

「彼らがなぜ辞めたか、理由は知らないのか？」

理由？　そう言われるとますます不安になる。あの頃の私は父が倒れたショックで、深く追求する冷静さを失っていたかもしれない。

「まあいい。そんなことよりも、相手の男に一度だけ会わせてほしい」

苦渋の表情の顔を横に向けて彼は席を立つ。向けた背中が、心底うんざりしたと語っているようだった。

相手の男と言われてハッとした驚きも、冷や水を浴びたように沈んでいく。

「わかりました。また連絡します」

途轍もない罪悪感に襲われたまま、よろよろと席を立つ。

もしかすると、私はとんでもない間違いをしているのだろうか。

――でも。だとしても、これでいいのだ。

なにはともあれ、目的は達成できたと思うしか……。

「失礼します」

頭を下げて理事長室を出た。

後ろ手に扉が閉まると、涙が溢れてきそうになり、上を向く。

本当に終わりなんだと思った。

不貞を追及して、堂々と離婚を勝ち取るはずだった。

なのに、自分が最低の人間のように思えるのは、彼を信用しようとさえしなかったからだ。

啓介さんの言う通りではないか。彼はなにひとつ悪くない。

なのに私は彼をとんでもない悪人に仕立て上げていた。

啓介さんは私を情けないと思っているだろう。

相談もせず勝手に誤解をして、あんな写真で簡単に騙されるバカな女だったのかと嘆いているかもしれない。

でも、後で弁護士から鈴本小鶴の話をしてもらえば、少しはわかってくれるはず。

わかってもらえなくてもいい。どうせ、他人になるんだから……。

深い溜め息をつくと、『莉子、がんばれ！』と、瑠々の励ます声が脳裏をよぎった。

昨夜電話で話したのだ。

『前も言ったけど、大丈夫。いざとなればさ、琉樹がお腹の子のパパってことにすればいいんだからさ』

琉樹、ごめんね。父親役、現実になってしまったよ。

白い廊下を進みそのまま院長に会いに行った。

帰る前に確認しなきゃいけない。

それから離婚の報告も。啓介さんが本当にこの病院を去るならどうしたらいいか考えないと。頼みの綱は院長しかいないから。

「失礼します」

「ああ、お嬢様」

院長は驚いたように目を丸くして老眼鏡を外す。

「お久しぶりですね」

「ごめんなさい。ご無沙汰してしまって」

院長には離婚の話はしていない。

啓介さんがアメリカに出張したとき、父の看病と葬儀で母が体調を崩し、私もしばらく実家で過ごすと話したのが最後だ。

啓介さんがなにも言っていなければ、私たちの別居さえ知らないかもしれない。

「奥様の体調は、その後どうですか？」

「もう、すっかり元気です」

「そうでしたか。お見舞いにも行けずにすみません」

「いいんですよ。入院していたわけじゃないですから」

院長はアラフィフの穏やかな人だ。

若かりし頃は大学病院で外科医として腕を振るっていたらしい。事故で片足が不自由になり自暴自棄になっていたところを父が励まし、ここで働かないかと誘ったと聞いている。そんな経緯もあってか恩を感じてくれて、父をずっと支えてくれていた。不自由な片足を少し引きずりながら、院長は「どうぞ」と席を薦めてくれた。

院長の執務室に入るのは数年ぶりになる。

事務机と椅子に、スチールのキャビネット。部屋の中央にはシンプルな応接セットのテーブルとソファー。装飾品は観葉植物がひとつあるだけだ。

昔からずっと変わらない控えめな人柄そのままの執務室にホッとする。

今となっては私を受け入れてくれる唯一の場所だが、感傷に浸っている時間はない。

「おかけください」

「ありがとうございます」

座るなり、単刀直入に聞いてみた。

「院長、教えてほしいんです。ここで働いていた父の側近の人たちは皆辞めてしまったのはどうしてですか？」

啓介さんが意味ありげに『理由は調べたのか』と言った訳を聞かなければ。

「部長たちも看護師長も、気づいたら皆辞めていて。どうしてなのかなと」

院長は、表情を曇らせた。

「お嬢様、彼らは側近というよりも、お父様の周りをうろつくハイエナだったんです」

「えっ？」

予想だにしない院長の発言に息を呑んだ。

ハイエナとはどういうことなのか。

「お父様は彼らについて、ずっと悩んでいらっしゃった。それは本当です」

院長は、キャビネットからファイルを取り出して私に差し向ける。

そして「ここを見てください」と指さした。

「彼らの給料とボーナスです。この十年をグラフ化しました。他の職員に比べて異常でしょう？」

グラフには、医師と看護師の平均と彼ら幹部の給料が示されている。内科と外科のふたりの部長と看護師長の給料だけが、他の人の何倍も高く跳ね上がっていた。

「椅子に座ったままのさばり、執刀しても最初の五分だけ。部下を脅し仕事はしない。でも取り巻きを従えていたから、証言する者がいない。ほかの職員の給料が上がっていない理由は、皆さん彼らの横暴な振る舞いに耐えかねて辞めてしまうからです」

「まさかそんな。父はなにも言わないし、皆さん私や母には優しかったから……。てっきり」

「巧妙なんですよ」

院長はフッと表情を歪める。

「お父様は若くして理事長になられ彼らに頼らざるを得なかった。お父様が悪いわけじゃない」

それじゃ、啓介さんが言いたかったのは……。

「お父様は啓介さんにすべてを託したんです。医師として優秀な啓介さんなら彼らを一掃できるからと」

愕然とした。

「——そうだったんですか。私、なにも、知らなくて」

「お父様も啓介さんも、お嬢様には嫌な思いをさせたくなかったからですよ」

そんな……。

私はなにも知らないまま、守ってもらっていたのにそれも知らす。

ただ、啓介さんを疑って。

でも鈴本小鶴が、と喉もとまで出かかった言い訳を飲み込んだ。

一連の流れからして、鈴本小鶴の件も不倫とかそういうのではなく、なにか事情があるのかもしれない。きっとそうに違いないと思えた。

バカだな私。今になってわかるなんて。

「院長……私、啓介さんと離婚しようと思うんです」

「え？」

「それで、啓介さんにこの病院を渡すつもりでいたんですが」

でも、彼は。

「いらないと言われましたか？」

ハッとして顔を上げると、院長は悲しげな瞳をして微笑んでいる。

「そう思うんですか？」

院長は頷いた。

「彼は医師です。経営者になりたいわけじゃないでしょうからね。いつだったか言っていましたよ、結婚しなければ臨床経験を積むためにアメリカに渡る予定だったって」

「アメリカ……」

でも、それならどうして私と結婚したの。

夢をあきらめてまで、なぜ？

「まあここまで啓介さんが整えてくださいましたから――」

院長はその先を言わず目をつむって腕を組んだ。

今後、彼がいなくても大丈夫かどうか考えているのか。

申し訳ない思いでいっぱいだ。

なにも知らないくせに先走った私のせいで、病院は優秀な経営者を失おうとしている。

目を開けた院長は「失礼ですが離婚の理由は？」と聞いてきた。

「私が――」

そこまで言って涙がこみ上げた。

「院長、ごめんなさい」

謝るのが精いっぱいで、手で顔を覆う。

「どうして私に謝るんですか。わかりました。なにも聞きませんから、さあ泣かないで」

私は院長にも申し訳なくて、顔をあげられなかった。

行き場のない悲しみだけが募り、そのまま立ち上がれない。それでも必死で涙を止められたのは守るものがあるからだ。

しっかりしなきゃ。これ以上混乱を招くわけにはいかないでしょうと、自分を叱咤する。乃愛のため、病院のために。

ハンカチで涙を拭い、気持ちを強くもって、笑顔を作った。

「院長、いろいろ落ち着くまでどうかよろしくお願いします」

「はい、わかりました。がんばりましょう」

院長は変わらぬ優しい微笑みで、何度も頷いてくれた。


患者に紛れ自動ドアから病院を出て、振り返る。

壁も綺麗に塗られて、まるで別の建物のようになった山上総合病院。

院長の話によれば、がらりと変わった職員名簿を見て、父は啓介さんの両手を取り『ありがとう』と、泣いたという。

父がよく言っていた『啓介くんには感謝しかない』という言葉にはそういう内情もあったのだ。

それなのに私は、父をバカにするような噂話に惑わされ、表面上の出来事しか見ていなかった。奥に隠された真実を知ろうともせずに。

白亜の病棟に父を重ねて問いかけた。

お父さん。どうしたらいい？

私が経営の勉強をして引き継ぐなんて、できるのかな。

医療の知識なんてないのに。

啓介さんに謝って続けてもらうしかないのかなと考え、それは無理だと思い直した。

『俺があくせく働いているうちに、妻が浮気をして妊娠したって言うんじゃな』

これでもし啓介さんの浮気がなければ、私はとんでもない悪女だ。取り返しがつかないほどの酷い嘘をついて彼を傷つけた。

せめて、あんなことは言わずに先に啓介さんの話を聞いていればよかったのに。それをしなかった私はもう啓介さんの信頼を失ってしまった。

もう、後には引き返せない。真実がどうであったにしても。

＊＊＊

なにかの冗談かと思った。

莉子が不貞行為の果てに子どもを作り、離婚してほしいとは。

理解が及ばず思わず笑いだしてしまいそうになった。

だが、心当たりがないわけじゃない。なにかがおかしいと感じはじめたのは、義父が倒れた頃か。

ふとした瞬間に、真顔でぼんやりとする莉子を見かけるようになった。

深く追求しなかったのは、義父が心配なんだろうと思ったからだが、ほかにあれほどの悩みを抱えていたとは。

だからって――。

「はぁ……」

カウンターに肘をつき、額に指先をあてて深い溜め息をつく。

「どうしました？　随分疲れているみたいですね」

ここはレストランバー『氷《こおり》の月《つき》』。青扇学園からの後輩で、友人でもある氷室仁《ひむろじん》の店だ。

莉子が行方をくらませてから半年の間、まともにとった夕食はほぼすべてここの食事だというくらい通っている。

「妻が、ようやく帰ってきたんだ」

「おっとー」

目を丸くした仁は、怪訝そうに俺を見る。

「それにしちゃ喜んでいい雰囲気じゃないですね。なにかあったんですか？」

隠す気もおきず、正直に話して聞かせた。

「——というわけだ。だが、DNA鑑定の話をしたときの動揺ぶりからして、おそらく嘘だと思う」

浮気を疑ってDNA鑑定で動揺するならわかるが、不倫相手の子だと言い張って動揺する理由はほかに考えられない。

「啓介さんの子だと？」

「ああ、たぶんな」

ただし、状況から察するに浮気まで嘘だとは言い切れないか。

俺の浮気を信じた莉子が寂しさからほかの男に走った可能性は無きにしも非ずだ。

信じたくはないが、十分ありえる。

「しかしどこの探偵だ。酷いな」

「それについては弁護士に頼んだ。探偵というより、その写真をわざわざ山上家に持って行った元外科部長が意図的に仕組んだんだろう。俺が彼の不正を暴き自ら辞めるように仕向けた。彼は俺を恨んでいる」

許せない。相応の償いはしてもらう。元外科部長も探偵も。

「仁、頼みがあるんだ」

「はい。なんなりと」

仁は一族が経営する警備会社の役員だ。場合によっては探偵調査業務を請け負ってくれる。

「妻が浮気相手と主張する男と会う約束になっている。男の素性を知りたい」

「了解」

もしかすると、莉子が誰かに利用されているかもしれない。

元外科部長がそこまでするとは思えないが、山上から追い出したハイエナは彼ひとりじゃない。入念に調べる必要がある。

「それでもし、本当に奥さんが浮気をしていたら、どうするんですか？」

チラリと目の端で仁を見ると、彼はおどけた様子で肩をすくめた。

「それはそのときだ」

どうしたらいいかなんて、俺にはわからない。

こんなことなら、もっと本気で莉子を捜せばよかったと溜め息をつき、ふと箸を止めた。

『ご心配かと思いますが、どうか信じてお待ちください』

ほぼ空になった皿に、サトさんの言葉が浮かぶ。

『お嬢様は戸惑っているんですよ。啓介様が好きで好きで、初恋なんですよ』

彼女は裏も表もない性格だ。今日話をしていても、表情から手に取るように感情が読み取れた。

〝DNA鑑定はしないで〟

〝この写真は嘘だったの？〟

それに姿を消すまで、莉子はいつだって俺を気遣っていた。

『啓介さん、食事はちゃんととれた？』

『あまり無理しないでね』

『啓介さん、私も経営の勉強をしていつかあなたの秘書になろうと思うの』

だから俺は必死で走り回れたんだ。

そんな莉子が浮気などできるはずがないじゃないか。

「まだまだだめだな、俺も」

予想外の事態に混乱して大事なことを忘れそうになっていた。

苦笑しつつ、皿に残っていたシャインマスカットを口に放り込む。パリッと噛み砕く度、溢れ出す爽やかな甘味が心のしこりを溶かしていく。

「あ、なんだか急に元気になりましたね」

「まあな」

解決したわけじゃないが、大切なものを見失わずに済んだ。

確信し、大きく息を吸ったところでスマートフォンが音を立てた。病院からの呼び出しである。

「――わかった。今から向かう」

山上総合病院に到着すると入り口でスタッフが待っていた。

「六五歳男性。左前頭部皮質下出血。三十分ほど前、卒倒して救急搬送されました。既往歴に高血圧があり――」

報告を聞きながら廊下を歩き、神経を研ぎ澄ませていく。

莉子、俺は君を信じる。

そう心で語りかけ、気持ちを切り替えた。

言えない真実

　啓介さんと琉樹を会わせる約束の日が来た。

　乃愛が一緒なので待ち合わせ場所は家の近くにしてもらった。

　病院からもほど近い路地裏の小さな喫茶店。夜はお酒を出すお店なので店内は仄暗い。誰にも聞かれたくない話をするには格好の店である。

　啓介さんとの待ち合わせの三十分前に琉樹と店で合流した。

「俺が抱こうか？　そのほうが信憑性があるだろ？」

「うん。そうだね、ありがとう」

　琉樹の膝の上で、乃愛は、つぶらな瞳をパチパチさせる。

「ごめんね琉樹」

「いいよ。俺もだてに修羅場くぐってないし」

　琉樹はあきらめたような笑みを浮かべ、乃愛をあやす。

　彼はわけあってホストをしている。髪を金髪に染めているし耳にはサファイアのピアスが光っている。見た目はとても派手だが、性格は地味で真面目なのだ。

同い年だというのに、琉樹は私以上に苦労をしている。早く借金を返すために水商売の世界へ入ったが、だからといって性格は変わっていない。

「乃愛、即席のパパだぞぉ」

私が冷たい目で見られるのは仕方ないし、覚悟の上だが、なるべく琉樹や乃愛に矛先が向かないように立ち回らねば。

「彼は大人だから大丈夫。落ち着いて対応してくれると思うから」

啓介さんが取り乱す姿なんて想像できないもの。

この前の理事長室でも、彼は声を荒げたりはしなかった。

「そうだといいけどね」

琉樹は綺麗な顔を少し歪め、苦笑を浮かべる。

優しい琉樹にこれ以上迷惑はかけられない。なんとしても今日ですべてを終わらせないと。

約束は午後二時。あと二十分。

琉樹はコーヒーをおかわりする。

私はジンジャーエールを頼んだけれど、緊張で喉を通らない。

あと十五分。

「莉子、さっきから時計ばっかり見てる」

琉樹に笑われてハッとした。

「ごめん、やっぱり緊張してきちゃって」

啓介さんに会いに行ってから三日。ずっと考えていた。

鈴本小鶴のことも含め、なにもかも正直に話したら、啓介さんは許してくれるかもしれない。

でも、啓介さんが子どもが欲しくないと言ったことや、アメリカに行こうとしていたことを考えると、私や乃愛の存在が彼の足枷になっているような気がしてしまうのだ。

それでなくても、半年もの間、病院を押し付けてしまった。これ以上彼に迷惑をかけては申し訳ないし、そんな身勝手な話、ありえないってわかっている。

「莉子、念のためもう一度聞くけど、本当にいいの？」

「うん。早く終わらせたい」

私に残された道は、彼を解放してあげること。

それがせめてもの償いだから……。

私や山上総合病院なんてさっさと忘れて、アメリカに行ってほしい。

「そっか」

琉樹は心配そうに私を見る。

女の子みたいに綺麗な顔の琉樹。今やお店でナンバーワンだというから、こんな役、引き受けたくないだろうに。

「ありがとうね、琉樹」

「なにを今更」

あははと笑い合って、気持ちが落ち着いた。

自分で立てた計画なんだからしっかりしないとね。さっさと嫌われて決着つけて、彼を自由にしてあげないと。

「乃愛、寝ちゃった」

「琉樹、抱きかた上手だね。気持ちよさそうに寝てる」

乃愛は琉樹の腕の中でスヤスヤ眠っている。まだなにもわからないとはいえ、これからはじまる修羅場を見せたくはないからちょうどよかった。

そうこうするうち長い待ち時間は過ぎ、約束の五分前に啓介さんが現れた。

途中コーヒーを頼んで歩いてくる。

病院から来たのだろう。彼はスーツ姿だ。コートを腕に掛けている。

席に着いてすぐ、彼が最初に視線を送ったのは琉樹の腕の中で寝ている乃愛だった。でも時間にすればほんの数秒で、その後、琉樹をまっすぐに見る。

「君が赤ん坊の父親か」

「はい。すみません」

琉樹はゆったりとした黒いセーターにデニムのパンツ。服装は普通だが、派手なビジュアルから水商売だとわかるはず。

啓介さんはどんなふうに想像するだろう。

忙しい夫に相手にしてもらえず、寂しさを埋めるためにホストクラブにでも通ったと思うのかな。

コーヒーが届き、ひと口飲んだ啓介さんは私を見た。

「莉子、君にはあらためて、俺には離婚の意志はないと伝えておく」

「えっ？」

「それから君。君は社会的に抹殺する。俺からはそれだけだ」

驚きのあまり言葉がうまく出てこない。

「あ、あの」

それは困る！

もう用事は済んだとばかりに啓介さんは、席を立つ。

「待って！　琉樹のせいじゃないの私が」

慌てて腰を浮かせたが、彼はちらりと見ただけで、ポケットから財布を取り出し「コーヒー代」と、一万円札を抜いてテーブルの上に置く。

「人妻に手を出すのはそういうことだ。覚悟するんだな」

ふざけるなよ。という声が聞こえた気がした。

唖然としたまま、私は彼の後ろ姿を見送るしかなかった。

まさかあんなふうに怒るとは思ってもいなかったから。

「あれ。ガチで怒ってるね。当然だけど」

ハハッと琉樹は苦笑する。

「琉樹には絶対に迷惑がかからないようにするから、心配しないで」

土下座をしてでも、全財産を投げ打ってでもなんとかしなきゃ。

社会的に抹殺ってどういう意味なんだろう。あんなに怒るとは思わなかった。

琉樹は「あの人に勝てる気がしない」と、力なく肩を落とし、そのままガックリとうなだれた。

戦意喪失とはまさにこの状態を言うんだろう。

簡単に離婚できると思っていたのに。

ごめんね、琉樹……。

これ以上琉樹を巻き込まないためには親子鑑定をするしかないのかな。それでも、琉樹との浮気の疑惑は残る？

そしてその場合、乃愛の親権を要求されるかもしれない。

ああ、どうしよう。私がバカなことを考えついたばっかりに……。

だけど、啓介さんはどうして離婚を拒否するの？

「あ、乃愛。いつの間にか起きたのか」

乃愛は今なにが起きたのかもわからず、足をバタバタさせながら私をジッと見る。

「おいで、乃愛」

琉樹から乃愛を引き取り、ぎゅっと抱いた。

なにがあっても、この温もりだけは絶対に手離せない。

乃愛、ごめんね乃愛。バカな私を許して……。

琉樹に送ってもらい、家の前で別れた。

上がってお茶でもと言ったけれど琉樹は忙しいらしく、そのまま帰った。

ついこの前は暑かったのに、秋らしい冷えた風が吹く。クマさんのミミがついた乃愛のニット帽を目深に直し、琉樹の車を見送る。

「さあ乃愛、お家に入ろうね」

玄関を開けるとサトさんが出迎えてくれた。

「お帰りなさいませ」

「ただいま。お母さんは？」

「お出かけになりました。夜にはお戻りになりますよ」

「そう」

サトさんには離婚するとだけ伝えて、細かい話はしていない。

私が不貞を働いたなどという作戦は絶対に反対するだろうから言えなかった。

「それでどうだったんですか。啓介さんとのお話は？」

「うん……うまくいかなかった。離婚に応じる気はないって」

「そうですか」と答えるサトさんの声は弾んでいる。離婚には反対なのだ。離婚したい旨を伝えたときも微笑むだけだったから、やっぱりと思っているのかもしれない。

私が軽井沢にいる間も、啓介さんは幾度となくここに訪ねてきたそうだ。

母はおそらく冷たく追い返したと思うが、サトさんは彼と話をしたらしい。そのときの彼の様子から、離婚にはならないと確信していたようだった。

彼が離婚に応じてくれないのはなぜなんだろう？

不貞を働いた私から子どもを奪って復讐しようとか……？

どうしたものか。これからどうしようと考えてみても、怖いほど毅然とした啓介さんを思い浮かべると溜め息しか出なかった。

気を取り直し、リビングに置いてあるベビーベッドに乃愛を寝かせる。

「あらあら、お眠なようですね」

ニット帽を取ってあげると、そのまま乃愛は寝てしまった。

「お出かけで疲れちゃったかな」

用事があれば呼んでくださいと言って、サトさんはリビングを後にする。

サトさんの気遣いか、リビングには静かなクラシックが流れていた。穏やかな音楽の力も相まって、乃愛の小さくて丸い額を撫でていると心が落ち着いてくる。

乃愛の存在だけが私の心の支え。この子を守るためならなんだってがんばれる。

自分に言い聞かせるようにそう思いつつ、愛おしさのまま寝顔を見つめていると、啓介さんによく似ている乃愛の耳に目が留まった。

父子の顔合わせは、あっけなかった。

琉樹の子じゃないと疑ってほしいだなんて、虫がよすぎるとわかっている。

でも、もう少しでいいから、乃愛に興味を持ってもらいたかった。

まだ小さくてわからないとはいえ、目もとも綺麗な顔立ちも福耳なところとかも、啓介さんによく似ているのに。彼はまるであの場に乃愛はいないみたいに、一切乃愛には触れなかった。

「乃愛、さっきね、パパに会ったんだよ」

起こさないよう、そっと語りかけた。

私が愚かなばっかりに皆に迷惑をかけて。

乃愛だって、本当なら今頃啓介さんの腕に抱かれていただろうに。

なにも悪くないのに。ちゃんと紹介してあげられなくて、ごめんね、乃愛。ごめんと言いながら涙がこみ上げてくる。

私は、どんなに彼に嫌われても構わない。でも、この子は——。

涙が頬を伝い、ベッドにぽとりと落ちたところで母から電話があった。

母はひとり暮らしの友人が怪我をして付き添っているという。利き腕の指の骨折らしく、今夜は友人宅に泊まるそうだ。

私からは事情を説明し、母が戻ってからゆっくり相談しようと約束をした。

『莉子、大丈夫よ。なんとかなるわ』

母の声を聞いたおかげで、電話を切ったときには随分気が楽になった。

「はぁ……」

相談できる相手がいる。ひとりじゃないありがたみが身に沁みる。

でも、母ばかりに頼ってはいられない、私もひとりで山上総合病院の今後をあらためてじっくり考えなければ。

「お嬢様」

ハッとして振り返るとサトさんがいた。

「ホットミルクですよ」

サトさんはにっこりと微笑んで、テーブルにカップを置く。

私が子どもの頃からずっとそばで見守ってくれている、祖母のような存在のサトさんの優しい微笑みは、それだけで癒される。

「ありがとう」

「今のうちにお嬢様も少しお休みになってください。お疲れでしょう」

離婚の理由もなにも聞いてこない彼女の優しさに触れ、また涙が溢れてくる。

我慢していたのに……。

「大変でしたね」

「ありが――」

お礼すら声にならず、背中をさすられながら、ようやくちゃんと泣けた気がした。

流した涙の分、心が軽くなったのか。次の日の朝は、いくらか気持ちも晴れてすっきりしていた。

とにかく、ひとつずつ片付けよう。

山上総合病院については、母と私でなんとかするしかない。次の経営者が決まるまではコンサルタントを雇ってでも責任を果たさなければ。啓介さんの努力を無駄にしないように。

そして、まずは啓介さんにちゃんと謝ろう。これ以上琉樹に迷惑がかからないようにしなければいけない。

よーしと拳を握り気合いを入れると、ポンポンと腕になにかが触れた。

見れば、おしゃぶりを咥えた乃愛が私を見ている。両手を振って、まるで応援してくれているかのようだ。

「乃愛、ママがんばるね」

笑顔であやすと、手足をバタバタさせながら乃愛は「きゃっきゃ」と、笑顔を見せる。

最近表情が出てきた。

日に日に成長するこの子のように。私もがんばらなきゃいけないよね。

中断していた経営の勉強も早速はじめよう。

「ママ、乃愛ちゃんを背負ってスーツ着ちゃおうかな」

乃愛を抱き上げると、外から車が入ってきた音が聞こえた。

母が不在なのに誰だろう。

長野に行ってから半年以上が経つので私の客であるはずもなく、宅配業者かなと耳を澄ませているとインターホンが鳴った。

今この家にはサトさんともうひとりの家政婦がいる。どちらかが応対に出ているはずだが、二階のここでは聞こえない。

間もなく階段を上がる音が聞こえて、ノック音とともにサトさんがにっこりと顔を出した。

「お嬢様、啓介さんがお見えですよ」

「えっ？」

予想外すぎて固まってしまったけれど、すぐに思いあたった。

気が変わって離婚届を持ってきたのかもしれない。きっとそうだと自分に言い聞かせる。

「リビングでお待ちです」

「わかった。乃愛をお願いね」

乃愛をサトさんに預けてリビングに行き、扉の前で深呼吸をした。

もしかしたら彼と顔を合わせるのは今日が最後かもしれない。離婚が決まれば、後は弁護士に任せることになるだろうから。

せめて最後は笑顔で別れよう。

でも今更無理か、と自嘲した。いくらなんでも勝手な言い分だ……。

それでも笑顔、笑顔と自分に言い聞かせた。

どんな酷い女と思われても、笑顔の私を記憶してほしい。

疑心暗鬼に陥り、不安に襲われた夜も含めて、啓介さんと過ごした日々はやっぱり幸せだったから。

意を決して扉を開けると、啓介さんは窓際に立って庭を見ていた。

「いらっしゃい」

振り向いた彼は「琉樹に事情を聞いた」といきなり言った。

「えっ、琉樹に？」

昨日会ったばかりなのに、もうどこの誰か突き止めたの？

いきなりの先制攻撃に頭の中は真っ白になる。

琉樹はどこまで話をしたんだろう。まさか、なにもかも？

唖然とする私を尻目に、啓介さんは窓際から離れ、ソファーに腰を下ろす。

「莉子。今から言う話を信じてほしい」

「待って」

その前にまず謝らなきゃ。

「啓介さん、写真の件、一方的に疑ったりして本当にすみませんでした」

深く頭を下げた。

「いや、莉子は謝らなくていい。君が悪いわけじゃないんだ。顔を上げて座ってくれないか」

「はい……」

サトさんとは別の家政婦さんが持ってきてくれたトレイを受け取り、ひとまずコーヒーとケーキを勧める。

「どうぞ」

「ありがとう」

啓介さんは落ち着いていて、琉樹と一緒に会ったときのような剣呑な雰囲気を漂わせてはいない。

声も穏やかで、私がよく知る彼だ。

琉樹はもしかして、子どもの父親が啓介さんだと言ってしまったのかな。だとしても……。

「鈴本小鶴の子どもは俺の子じゃない」

またしても唐突に啓介さんはそう言った。

私からは一度も彼女の名前を出していないのに、いきなり彼女の名前が出るとは。

驚きのあまり言葉を失い、開けた口をそのまま閉じた。

「わけあってときどき様子を見に行っているのは事実だが、それだけだ」

「──それじゃあ、彼女が私に言った話は嘘なの?」

「彼女がなにをどう言ったかわからないが、少なくとも子どもの父親は俺じゃないし、彼女と俺は男女の仲じゃない」

お通夜での彼女の冷ややかな笑みが脳裏に浮かぶ。

啓介さんを信じるか、彼女を信じるか……。

「いつかきちんと説明する。だが、今はまだ言えないんだ」

彼の目は真剣だ。

「言えない理由も聞かせてもらえないの？」

啓介さんはゆっくり息を吸い「君のためだ」と言う。

「私？」

「知れば君は重荷を背負うことになる。誰にも言えず、知らないと嘘をつかなきゃいけない。君のお母さんにもサトさんにも」

わかるような、わからないような話である。

「知らなければ、正直に知らないと答えられるからっていう意味？」

知っていて言えないのはつらいから？

「その通りだ。必ず解決して真っ先に報告する。だからそれまで信じて待ってほしい」

啓介さんは少し前のめりになり、眼差しからは、どうか信じてほしいという心の声が聞こえてくるようだ。

信じていいの？

これまでの経緯からして、彼が嘘をついているとは思えない。

院長も啓介さんを褒めていた。父もいつだって啓介さんに感謝していたのに、私はただ、彼を誤解して苦しめて……。

疑うどころか私にはもう、彼の訴えを聞く資格すらないんじゃないのかな。

取り返しのつかない嘘をついてしまったんだもの。

「あの子に会わせてもらえないか？」

え、でも。

戸惑う間もなく「失礼します」と、サトさんが乃愛を抱いて入ってきた。

「サトさん」

「ようやくパパが会いに来てくれましたね」

あっ、もう。サトさんったら。

サトさんは以前から、もっとなんでも啓介さんに言わなきゃだめだと言っていた。

軽井沢に行く前、悪阻で酷いときも『どうして呼ばないんですか』と。『遠慮しちゃいけませんよ』とも。

でも大丈夫なんだろうか。

昨日、啓介さんは乃愛を一瞥しただけだった。とても冷ややかな目で。

彼は、本当は、子どもを欲しくないのに……。

「さあ乃愛ちゃま、パパに抱っこしてもらいましょう」

サトさんは啓介さんに乃愛を抱かせる。

「のあちゃん？」

「乃愛って言うんです」

指で字を書きながら、あきらめて私が答えた。

啓介さんは抱いた乃愛を愛おしそうに見つめる。

「こんなに小さくても福耳だってわかるんだな」

福耳……。ちゃんと気づいてくれたの？

「昨日はあんな態度を取ったが、彼も莉子も福耳じゃないし。俺の子なんじゃないかと思ったよ」

そうだったの。

一瞬に思えたのに、乃愛をちゃんと見ていてくれた。

彼は自分の指を乃愛に握らせてうれしそうに笑う。

「昨日はみっともないところ見せちゃったな」

「え？」

「いざとなると冷静ではいられなかった」

啓介さんは、少し恥ずかしそうに照れ笑いを浮かべる。

「それは、私が……」

「昨夜、六本木《ろっぽんぎ》にある友人のレストランバーに行って彼の話をしたんだ。金髪にサファイアのピアスをしている、女のような顔をした〝ルキ〟という若い男。それだけで友人は彼を突き止めた」

私が『琉樹のせいじゃないの』って言ったから、ルキという名前を聞き逃さなかったのね。

それにしても。

「たったそれだけの情報で、琉樹がわかったの？」

「偶然、友人は琉樹の知り合いだったんだ。彼も六本木にいるだろう？」

私は頷いた。

その通り。琉樹が働いているホストクラブは六本木にある。

「仁が、友人は仁って言うんだが彼を店に呼んでね、そこで話を聞いたんだ」

ああ、それなら琉樹は仕事中だったんじゃないのかな。琉樹、ごめんね……。

まさかと思うが、啓介さん琉樹を殴ったりしていないわよね？

「琉樹はなにも悪くないの、私が」

「心配しなくていい。彼を責めたりしていないから」

察したように啓介さんはそう言って微笑んだ。

よかった。それならいい。

「乃愛か。いい名前だな」

「ありがとう」

啓介さんの子どもでもあるのに私が勝手に決めてしまった名前でごめんなさい。

私の愛。心が啓介さんへの愛に溢れていた夢のような日々の中でできた子だから、乃愛とつけた。誰にも教えていない乃愛の秘密の由来だ。

「ん？　見れば見るほど俺に似てないか？　耳だけじゃないよな？　目も俺の目だろ」

啓介さんにコーヒーのおかわりを持ってきたサトさんが「ええ、完全にパパ似ですね」とまた余計なことを言う。

でも本当だ。泣きたくなるくらいよく似ていると私も思う。

抱いている啓介さんを目の前にして並べるとなおさらだ。こんなに小さいのに。

乃愛はキョトンとした顔で啓介さんをジッと見ている。

「パパだぞ、わかるか？　乃愛」

啓介さんが一際優しい声で呼びかける。

思わず私も啓介さんの隣に座り「乃愛、パパだよ」と声をかけた。

私と啓介さんを見比べて、乃愛が笑顔になる。

その笑顔が涙で歪み、そっと指で拭う。

これでいいのかどうかわからないが、それでもうれしかった。

サトさんがそっとリビングを出て行くと、乃愛を抱いたまま啓介さんが「莉子。ゆっくり話をしよう」と言った。

「実は、俺は子どもができにくい体質でね。それで子どもは欲しくないような発言をしたんだが、本当に嫌いなわけじゃないんだ」

え？　嫌いじゃない？

「でも、どうして、その。――子どもができにくいなんて？」

「学生の頃、高熱を出してしまって。そのときに自分で調べたんだ。その頃すでに医学部生だし。まあできにくいかも？ってくらいだったが、できなくてもいいという心構えでいてもらったほうが、いいかと思ってね」

「じゃあ」

「むしろ欲しかった。心からうれしいよ」

うれしくて、涙が込み上げてくる。

昨日の悲しい涙と違う、喜びの涙だ。

「俺たちは、話をする時間が足りなかったな。子どものこともあんな言い方じゃなくてありのままを言っていれば、君を悩ませなかっただろう。ごめんな、莉子」

「そんな」

私はかぶりを振る。謝るのは啓介さんじゃない。

「でも私は酷いことを……」

取り返しがつかないんじゃないのかな。一方的に疑って、不義の子だなんて嘘まで言って。

あのとき、少なくとも啓介さんは私に呆れただろうし、信頼は崩れたはず。一度壊れた絆はそう簡単に戻るとは思えない。

「いや、俺が悪いんだ。君がなぜ待ってほしいと言うのか、もう少し食い下がるべきだった。俺も反省しなきゃいけない」

「啓介さんはなにも」

彼は否定するように首を横に振る。

「莉子はちゃんとサインを出していた。今ならそれがわかる。気になっていたのに」

「啓介さんは忙しかったんだもの。私が」

なぜそうなってしまったのか、今でもよくわからない。鈴本小鶴の存在だけとは言い切れない。なにかが不安で、少しずつ私は心に蓋をしていた。

「いや、君のそばにいるのを優先するべきだった。それでなくてもお父さんを亡くしてつらかっただろうに、ごめんな」

乃愛を抱いたまま啓介さんは私のすぐ隣に来た。

彼が伸ばした指先が、私の濡れた頬に触れる。

「莉子、彼の隣にいる君を見たとき俺は、殴り倒したい衝動にかられたよ。君を誰にも渡したくない」

啓介さん？

「ひとつひとつ絡んだ糸を解いていこう？」

私が悪いのに、どうしてそんなに優しいの？

怖くてあなたに聞けなくて、勝手に誤解して半年以上帰らないで、内緒で子どもまで産んだのに。許しちゃいけないよ、私なんてなにもできなくて――。

「私……、ごめんなさい、啓介さん」

彼は空いた片方の手で、私を抱き寄せる。

「莉子、いいんだ。ごめんな心配かけたな。不安だっただろ？　よくがんばったな」

私の背中をすりすりと撫でながら、啓介さんは私の頭に頬を寄せた。

「ごめんな莉子」

それはなにへの謝罪なの？

鈴本小鶴について言えないから？　つらいとき私を助けられなかったから？

だとしたら、私はもういい。

啓介さんが許してくれるなら。

「私、啓介さんを信じる」

だから許して。

がんばりたいよ。

今度こそ、本当の夫婦になれるように。

＊　＊　＊

「いってらっしゃーい」

乃愛の手を持ち上げて啓介さんを見送る。

「よかったね。たくさん遊んでもらって」

わかっているのかいないのか、乃愛はご機嫌で手足をバタバタさせる。

私はマンションに戻り、啓介さんとまた一緒の生活がはじまって三日が過ぎた。

彼はお昼休みに食事のために帰ってくる。少しでも乃愛との時間を大切にしたいからと、そう決めたようだ。

今日も早々に食事を終わらせた彼は、抱いたりあやしたり時間の許す限り乃愛と過ごした。

彼は優しくて頼もしくて素敵なパパだ。

子どもが簡単にはできないと思っていた啓介さんは、あきらめもあっただけに喜びはひとしおだと言っていたが、それは本当なんだろう。

乃愛を見つめる瞳は愛情に溢れていて、子どもが欲しくないというのは本気ではなかったのだと感じられた。

正直スッキリと心が晴れたわけじゃない。

彼は乃愛がいるからやり直そうと思ったのだろうし、まだ鈴本小鶴とはどういう関係なのか教えてもらっていない。

私は彼を信じるとは決めたけれど、彼の私への愛情は半信半疑だ。

『なんのためと言われたら莉子のためだ。今は乃愛というもうひとつ守る家族がいるが、まずは君だよ』

　啓介さんはそう言ってくれるが……。

「あー」

　乃愛の声にハッとして振り向くと、ジッと私を見ている。

　暗い顔を見せちゃいけない。慌てて「なあに？」と笑って見せた。

「さ、お部屋に入ろう」

　笑顔を貼りつけると気持ちも明るくなってくるから不思議だ。

　なにはともあれ問題はひとつずつ解決している。

　元外科部長が渡してきた写真については、啓介さんが弁護士を通して抗議をした。

　どうやら元外科部長は探偵を雇い意図的に写真を撮らせたらしい。不正を公にしない代わりに自分から退職したのだが、啓介さんへの腹いせに企んだという。弁護士を伴って母に謝罪に来たようだが、母も怒り心頭で、玄関先で追い返したそうだ。

　ファックスやイタズラ電話の犯人もわかった。

　防犯カメラの映像からあの美人秘書が浮かび上がったのだ。

　彼女は院長がハローワークから紹介されて採用した。院長からも私に電話があって
『秘書検定一級を持っているからという理由で決めたのですが、身辺調査をしなかっ

た私のミスです。調べてみたら彼女は前職でも同じような問題を起こしていた女性でした』と謝られた。

彼女は私を蹴落として、啓介さんの妻の座を得ようと機会を狙っていたそうだ。

だが彼には隙がなく、やきもきしていたところに私からの電話があった。軽井沢から東京に戻ってすぐ、私が彼のスマホにかけた電話だ。

これみよがしに勝手に電話に出たものの、啓介さんには厳しく注意されたという。

啓介さんがモテるのは仕方がない。

とにかくイケメンなエリート脳神経外科医を夫に持つ妻として、今後は振り回されずになんでも彼と相談していこうと思う。

そして琉樹は、笑って許してくれた。

『莉子、あの人は莉子が好きだよ。それは信用してあげな』

琉樹はそう言ったけれど……。

今はあまり考えないようにしよう。

私たちは離れていた半年を取り返すのが先だから。

その日の夜、お好み焼きを食べながら啓介さんにビールを勧めた。

「私はほら、ノンアルコールを買ってあるの」

母乳をあげなきゃいけないから私はアルコールを控えている。

「そうか。じゃあ飲もうかな」

ホットプレートの上にはお好み焼きと焼きおにぎり。啓介さんはサトさんお手製の糠漬けをつまみながらビールを飲む。

結婚当初は食事のメニューに悩んだ。

啓介さんの実家、島津家は女性の家政婦以外に、庭の管理や外仕事を任された男性の使用人もいるような、絵に描いたような上流家庭だ。

食事も豪華だったに違いないと思い、随分気を遣って用意した。

なにを作っても美味しいと言って食べてくれたけれど心配で、あるとき聞いてみた。

『啓介さんは大学病院に勤務中、お昼になにを食べていたの？』

『店屋物が多かったかな。時間が経っても食べられるカツ丼とか？』

外食するとしても近くのラーメン屋だったと言う。

高級店は時間をかけて食事を楽しむものだ。脳神経外科医としていつ呼び出しがかかるかもしれず、時間に追われているという理由はあるものの、意外なほど庶民的で驚いた。

料亭に頼んでお弁当を届けてもらうという方法だってあるのに。

「ねぇ啓介さん。島津家ではお好み焼きとか食べたの？」

「いや。家でホットプレートを使った記憶もないな」

やっぱり。

「会話もない。ただ静かに食べるだけの食事だよ」

あれ？　言い方がなんとなく皮肉めいている。

「俺はこういう食卓がいい。話をしながら楽しい食事はいいな。それだけですべてがご馳走になる」

穏やかに微笑む表情を見る限り、私に合わせて無理をしているような感じではない。

結婚して間もない頃、献立に悩んでいた自分が懐かしくなる。たっぷりと時間があったのもあるが、啓介さんに喜んでほしくて、栄養学や料理本を広げては真剣に悩んでいた。

あんなに悩まなくても啓介さんは喜んでくれたのにね。

「あ、焼きおにぎりちょうどいいよ」

仕上げにほんの少しお醤油をかけると、ホットプレートから焦げた醤油の芳ばしい香りが立ち上る。

「おおーいい香りだな。食欲が湧く」

「はい、どうぞ」

お皿に焼きおにぎりを乗せると、早速啓介さんは熱がりながら手でおにぎりを取り頬張った。

その仕草がおかしくて、あははと笑う。

「熱いでしょうに」

「それがいいんだよ」

「啓介さん、私ってちっともお嬢様らしくないから驚かなかった？」

「別に？　むしろうれしかったよ。飾らない姿を見せてくれて。それに君はどこからどう見てもお嬢様だ」

啓介さんはにっこりと微笑む。

「気づいてないか？　君は振る舞いのひとつひとつに品がある。なにを食べるとかそういう価値観ではなく、君は純粋無垢なお嬢様だよ」

私は苦笑しながらかぶりを振った。

「違うの」

言わなきゃダメ。本当の自分を知ってもらわなきゃ。

たとえそれで啓介さんにがっかりされたとしても。本当の私を知ってほしい。

「私ね、純粋無垢なんかじゃなくて、すっごく嫉妬深いの。心の中は真っ黒でやきもちでメラメラだった」

「莉子がやきもちって、そんな相手いたか？」

「いるわよ、いっぱい。美人な秘書さんとか。一緒にパーティーに行って、啓介さんが私の知らない綺麗な女性と親しそうにしていたときとか」

思い出して唇をキュッと噛む。

「――それに、写真を見たときも」

鈴本小鶴は言わずもがなだ。

啓介さんが言うような純粋無垢とは程遠い。実際、復讐なんて考えてしまったし。

「莉子」

顔を上げて啓介さんを見ると、優しい微笑みを浮かべる彼は、斜向かいの席から手を伸ばし、私の頬を撫でる。

啓介さん、私の本性を知ってがっかりしたでしょう？　なのにどうしてそんなふうに、愛おしそうに私を見るの？

「莉子は」

見つめ合ったそのとき「ふぎゃー」と泣き声が聞こえてきた。

緊張の糸が切れたようにふたりで笑った。

「目を覚ましたか」

「見てくるね」

結局啓介さんもついてきた。

泣いている乃愛を抱き上げ、よしよしとなだめると、乃愛の頭を撫でながら啓介さんがしみじみと「大変だっただろう？」と言った。

「うーん。そうでもないわ」

後悔させたくなくて強がってみせたけれど、実際大変だった。軽井沢の小さなコテージで乃愛とふたり。いつ起きて、いつ寝ていたのかも記憶にないくらいだ。

「おむつは大丈夫そうだし、ミルクもさっき飲んだし」

「乃愛、どうした？　パパのところにおいで」

啓介さんに乃愛を託す。

出産前後はサトさんか母が軽井沢に来てくれていたし、友だちのなっちゃんもいたから不安はなかったけれど、彼に抱かれている乃愛を見ると、今ならわかる。

私はやっぱり寂しかった。

乃愛が生まれた喜びを、本当は誰よりも啓介さんと分かち合いたかったから。

忙しさにかまけて考えないようにしていただけで、寂しくて悲しくて仕方なかった。

啓介さんの腕の中で、安心したように泣き止む乃愛を見ていると、喜びと幸せが胸の中に溢れてくる。うれしくて思わずフフッと笑った。

「ん？」

「乃愛がパパのことよーく見ているよ」

「かわいいな」

うん。本当にかわいい。

早速うとうとしはじめた乃愛を、そっとベビーベッドに寝かせる。

「しかし、半年の間にまさか子どもを産んでいるとは思わなかったな」

乃愛の寝顔を見つめながら、しみじみとそう言った啓介さんは、私を軽く睨んだ。

「私が待ってほしいと言う理由は、なんだと思ったの？」

いたずらっぽく聞いてみた。

「まったく想像できなくて、ただサトさんの言葉を信じるしかなかったよ」

そういえば、この半年どうしていたのかまだ詳しく聞いていなかった。

「サトさんはなんて？」

「とにかく半年経てば、莉子が元気に戻ってくるから、信じて待ってくださいって。

定期的に行ってみたり電話をしてみたりしたんだが、その度にサトさんには随分励まされたんだ」

「そうだったの？」

あの頃の私は、サトさんから報告を聞くというよりも、コテージの住所を啓介さんに教えていないかどうかだけ気にしていた。

「俺は莉子の初恋の相手なんだって教えてくれたよ」

えっ、なんですって！

「そ、そんな」

「〝お嬢様は戸惑っているんですよ。啓介様が好きで好きで〟」

「な、なに言ってるの」

啓介さんは逃げようとする私を抱きしめながら、あははと笑って歩く。

サトさんたらもう信じられない。私の秘密の気持ちだったのに。

「冗談に決まってるじゃない。もう」

「そっか」

くすくす笑う啓介さんを睨んで、ダイニングテーブルの席につく。

「冷めちゃうから食べましょ」

サトさんが言った通り、私の初恋だった。啓介さん以外はなにも見えなくなるくらい好きで、大好きで。自分の気持ちを持て余していた。

それは今もあまり変わっていない……。

「莉子のやきもちや嫉妬なんかかわいいもんだ。俺はむしろうれしいよ」

違うの。そんなかわいいもんじゃない。重くて暗い感情だ。

「啓介さん……。でも私」

「そんな自分が嫌になるか？　負の感情は疲弊するからな」

その通り。笑って受け流したいのにそうできない自分が嫌になり、悲しくて、疲れ切ってしまう。この苦しみから逃れるには、啓介さんと距離を置くしかないと思い詰めた。

でもどうして、啓介さんにわかるんだろう。なんでもできる完璧な彼に、私の劣等感なんてわからないと思っていたのに。

あなたも私のように自分が嫌になったりするの？

そんなはずないよねと思いながら啓介さんを見ると、彼は薄く口もとだけで微笑む。

「俺はもっと黒いぞ。何度自分にうんざりしたかわからないくらいにな」

「啓介さんが？」

「莉子に浮気したと言われて。琉樹を見てどれほど嫉妬したか。莉子には想像できないだろう」

あ……。

琉樹と対面したときの啓介さんはとても怖かった。ただ怒っているのだと思ったけれど、嫉妬したの？　啓介さんが？　嘘よね。

動揺を悟られなくて「さあ、早く食べちゃおう」と話を変えた。もし本当だったらすごくうれしいが、きっと話を合わせてくれただけに違いない。でも――。

まだ半分以上残っているお好み焼きを取り分けながら、聞いてみた。

「啓介さん、どうして私と結婚したの？」

そもそもの話、私はずっと不思議だった。

だからこそ啓介さんは病院が欲しかったのだと鈴本小鶴に言われて、簡単に納得してしまったのである。

「ｔｏＡの燎の執務室で初めて莉子を見たとき、一目惚れしたんだ。前にも言っただろ？」

啓介さんはフッと笑うけれど、とても信じられない。

「信じられないか？」

「だって、私はそんな」

自分を卑下するわけじゃないが、啓介さんのように条件のいい男性に、私が見初められる理由が、どうしても思い浮かばない。

冷蔵庫から新しいビールを取り出し、喉を潤した彼は「ひとつずつ言おうか？」と、いたずらっぽく目を細める。

「笑うとほんの少しできるえくぼに、弓なりになる目、照れたときの顔」

聞いていて恥ずかしくなり、思わず顔が火照ってくる。

「ほら、その顔」

「やめて」

「それから、甘えん坊なところと」

「もういいから！」

笑いながら隣に移動してきた啓介さんの口を塞ごうとして逆に捕まり「キャ」と短い悲鳴をあげた。腕の中に包みこまれ、見上げる私の唇に、唇を重ねた彼は「好きだよ」と、甘い声で囁く。

「ホッとするんだ。君をひと目見たときから、心が温まるのを感じたんだよ。一緒に暮らしはじめて、なおさら実感した。溌剌とした君の明るさ、ひたむきさ、すべてが愛おしい。君じゃなきゃこんな気持ちにはならない。こうして抱きしめると、たまらない気持ちになる」

啓介さん……。

「俺の実家は笑い声が響いたりしない、静かといえば聞こえがいいが、冷たい空気が漂う家だ」

体を離した彼は、少し悲しげに微笑む。

「君のような女性も俺の周りにはいなかった」

啓介さんの長い指がそっと、私の頬に触れる。

「まだ足りないか？　いくらでも言えるぞ？」

私は左右に首を振った。

「もう十分」

「どうして君と結婚したか。それは君が好きだから」

瞳が熱を帯びている。

〝君が好きだ〟

何度も言われた愛の言葉。

ある夜はキスをしながら。ある朝は目覚めたときの挨拶のように。

啓介さんは微笑んで『莉子、好きだよ』と言ってくれた。

それなのに私は自信がなくて、信じられなくて……逃げ出したんだ。

でももう逃げない。啓介さんと幸せになりたいから。

「莉子。君は俺の宝で、命そのものだ」


その夜、久しぶりに私たちは愛を確かめ合った。

「怒ってないの？　私を」

啓介さんは私の頬を撫でながら微笑む。

「俺が悪いんだ。もっと君との時間を大切にするべきだった」

「あなたは忙しいんだもの当然――」

言葉の途中で唇を塞がれた。

重ねる度に、深くなる口づけに夢中になるのはすぐだった。忘れていたはずの甘い記憶が、体の奥でゆっくりと目を覚ます。

頬を撫でられて、「好きだ」と囁かれるうち止めどなく涙が溢れた。

「ごめんな、不安にさせて」

許せないなんて言いながら、ずっとこの声で、こんなふうに甘く囁いてほしかった。

私は、自分に自信がないばっかりに、簡単に誤解して……。

「好き、よ。啓介さん」

泣きながら訴えるように愛を告げる私を、彼は少し乱暴なほど強く抱きしめる。

「莉子、……莉子、君が好きだ」

普段は紳士な彼なのに、私を抱くときはちょっと強引なあなた。

「愛してるよ、莉子」

そう……。いつも、こんなふうに私を抱いた。

その度に狂わされて、激しいほどの律動に我を忘れそうになる。

「あ、あぁ――啓介、さん」

あなたしかいない……。

悲しみも苦しみも、汗や涙と一緒にすべてを流してしまおう。

私はやっぱりこの人が好き。

私を抱き寄せるこの腕も、夢中にさせる唇も、悲しくなるほど好きなの。

啓介さん。

私の大切な人、あなただけを愛してる――。

秘密

玄関を出ると冷たい風が吹き抜けた。

はや十一月、真冬というほど寒くはないけれど鼻を刺激されたのか、乃愛がクシュンとくしゃみをする。その様子を啓介さんが心配そうに見つめ、ベビー服の襟元を直す。

「向こうでの用事を済ませたら、あらためて迎えに来るよ。俺の両親に乃愛を会わせよう」

「乃愛、楽しみだね」

啓介さんのお父様とお兄様が帰国した。

込み入った話があるのか、彼は数日実家で過ごすらしい。

「じゃあ、帰りはそのまま実家に行くが、なにかあったら遠慮なく電話して」

「はい」

「寒いから見送りはもういいよ。中に入って。お母さんによろしく」

「はーい。気をつけて行ってらっしゃい」

啓介さんは乃愛の頭を撫でて、名残惜しそうに車に乗った。

「いってらっしゃーい」

いつものように乃愛の手をとって啓介さんに手を振り、いいとは言われたものの、そのまま見えなくなるまで見送る。

数日と言っていたが、彼がいないのは寂しい。

私たち夫婦の再出発からひと月。何事もなく平和に過ぎた。

離婚の話は立ち消えになり、啓介さんには理事長を続けてもらっている。

一時期中断していた救急のフォローに入るようにしたらしく、お昼の帰宅ができない日が増えてきたが、以前ほどは家を空けない。事務作業も分担したそうで、夜は基本的に定時で帰ってくる。

なにもかも順調で、あんなに悩んだのが嘘のようだ。

乃愛の背中を撫でながら思う。

すべては、この子のおかげだと。

啓介さんがやり直しに積極的になったのも、私がそれほど悩まずに決意できたのも乃愛がいたから。

乃愛がいなければ、そう簡単に歩み寄れなかった。

「さあ、私たちもおでかけの準備をしなくちゃね」

啓介さんがいない間は、私と乃愛は実家で過ごす。


「乃愛ちゃーん、ばあばよ」

母は山のようなプレゼントを携えて迎えてくれた。ベビー服や帽子、オモチャを次々と取り出しては乃愛に見せる。

「お母さん、乃愛がびっくりしてるよ」

「だって、どれもこれもかわいいんだもの。あらあら、寝返りもできるようになったのね」

「そうよ、日々成長しているんだもんねー、乃愛」

ひとしきり乃愛と遊んだ母は、リビングのソファーに腰を下ろし、打って変わって硬い表情になった。

「莉子。今から椿《つばき》さんと会うわよ。乃愛はサトさんにみてもらって出かける準備をはじめなさい」

え？　耳を疑った。

椿さんというのは島津椿。啓介さんのお母さまだ。

なぜ、ここでお義母さまの名前が出てくるのか。

「どうして？」

啓介さんが今夜実家に行くというのに？

「鈴本小鶴の件よ。彼女、銀座《ぎんざ》のホステスですってよ」

「えっ？」

鈴本小鶴と、彼女の子どもの話は、つい私が口をすべらせてしまっていた。

誤解があったが、彼女の子どもは啓介さんの子どもじゃなかったと、母には伝えたのだが、母は信じてくれていなかったのか。

それに彼女が銀座のホステスだなんて、私は知らない。

「お母さんまさか、島津のお義母さまに彼女の話をしたの？」

「ええそうよ。そのまま誤解らしいってことまでね」

「どうしてそんな余計なことを言うのよ」

「なに言ってるの？　大事なことよ。その女性の子どもの親が誰なのかはっきりさせなくちゃ」

「だから」

不穏な空気を察したのか、乃愛が泣き出した。

「ああ、ごめんね乃愛ちゃん」

母が慌てて駆け寄り乃愛を抱き上げる。

どうしよう。一応啓介さんに連絡しておこうかな……。

でも、今日は午前中からオペだと言っていたから心配かけられない。とりあえずこの場は私だけで乗り切ろう。彼には後で報告すればいい。

大丈夫、ちゃんと話せば母も今度こそわかってくれる。

だって島津のお義母さまは啓介さんの味方をしてくれるはずだもの。


乃愛をサトさんに預け、母と出かけた先は、かつて私と啓介さんがお見合いをした料亭に隣接するカフェだった。

カフェとはいえ仕切りがあって、大声を出さない限り隣の席に気を遣わないで済むゆったりとした席だった。

「料亭のほうが安心だけれど、食事をする気にはなれないしね」と母は溜め息をつく。

現在午後二時五十分。約束の時間は三時らしいがまだ島津のお義母さまの姿はなかった。

「お母さん、私は啓介さんを信じるからね」

あらためて念を押す。

母はギロリと私を睨んだが、なにも言わず口を閉ざす。せっかく啓介さんとわかり合えたというのに、また揉めるなんて絶対にしたくない。

ひとまずこの場を切り抜けたら、時間をかけてでも母を説得しなければ。

そして島津のお義母さまは、約束の五分前に現れた。

「今日はごめんなさいね」

「いえいえ、こちらこそ」

謝りあう母ふたりの隣で私も「すみません」と頭を下げる。

「莉子さんは被害者なんだもの、謝らなくていいのよ」

お義母さまにそう言われ、反論しようとしたところで店員が注文を聞きにきた。

被害者ってなに？　嫌な予感しかしない。

母と義母はコーヒーを、私はジンジャーエールを頼み、ウエイトレスが消えるのを待った。早く誤解を解きたくて腰のあたりがうずうずする。

「失礼します」とウエイトレスが立ち去ったのを見届けて口火を切った。

「お義母さま、すみません誤解なんです。浮気はなかったんです。私の――」

と、そこまで言いかけて私は目を疑った。

カフェの入り口から入ってくる客の姿が見えた。乃愛とちょうど同じくらいの子どもを抱いた女性。彼女は鈴本小鶴ではないか。

「どうして……」

思わず声が出る。

驚く私につられて振り返った島津のお義母さまは、溜め息まじりに言う。

「当事者の彼女も呼んだのよ」

どういうこと？

なぜお義母さまが彼女を知っているの？

動揺が収まらないうちに、歩いてきた鈴本小鈴は私の向かいの席に腰を下ろす。

「失礼します」

彼女は島津のお義母さまにも私にした同じ話をしたのか？

抱いている子は、啓介さんの子どもだと。

「また会ったわね」

鈴本小鶴は私に微笑みかけ、肩をすくめる。

「おかあさまにもね、話を聞いてもらったの」

まったく悪びれる様子もなく彼女はフフッと笑う。

島津のお義母さまが「さあ」と小鈴に促した。

「この前私に話した通り正直に言いなさい」

小鈴が頼んだオレンジジュースが届くと、ひと口喉を潤した彼女は、啓介さんとの馴れ初めから話しはじめた。

出会いは高校生の頃。母子家庭だった彼女に啓介さんは優しかったという。

啓介さんは仕事も紹介してくれようとしたが、結局彼を頼らず高校卒業と同時に水商売の道を選んだ。

関係はあくまで友人だったが、あるとき酔った彼に襲われたのだという。

「やめてと頼みましたが、女の力ではどうにも抵抗できず」

うっすらと涙を浮かべる彼女の横で、島津のお義母さまが額に手をあててガックリとうなだれた。

「私と啓介さんが交際しているかのように莉子さんに言ったのは、レイプよりはまだマシかと思ったからです。私に酷い仕打ちをした彼を許せませんでした。莉子さんに恨みはありません」

表情ひとつとっても嘘をついているようには見えない。私も母も唖然としたまま言葉を失って、ただ彼女の話を聞くだけだった。

だが、ハッとして我に返った。啓介さんがそんなことをするはずない！

「あなた、まだそんな嘘を！」

私が抗議するも彼女はまったく動じない。むしろ堂々と胸を張る。

「必要とあれば鑑定してもらっても構いませんよ？」

この自信はどこからくるのだろう。

そこまで言われては、証拠はあるんですかとは言えなかった。

レイプという言葉は衝撃的だ。母ふたりも絶句したままでいる。万にひとつ彼女の話が真実なら、啓介さんが彼女に嵌められた可能性が考えられるが、でもそれは、啓介さんの口から話を聞くしかない。

必死に考えるも、今ここで彼女の証言を覆す手だてはないのだ。

悔しさに唇を噛むと、ゆっくりと顔を上げた島津のお義母さまが彼女を振り向いた。

「念のため、その子の髪を少しもらってもいいかしら。事情がどうあれ、啓介の子であるなら知らぬ顔はできないし」

「わかりました」

お義母さまは予想していたのか、バッグから小さなハサミとビニールの小袋を取り出して彼女に差し出した。

彼女は受け取ったハサミで赤ちゃんの髪を少し切り袋に入れる。お義母さまにハサミを返して髪の入った袋を渡すまで、終始堂々としていた。念のために持ってきたという子どもの爪が入った袋まで渡している。

赤ちゃんがぐずりはじめたところで、母たちに促され彼女は席を立つ。

「あなたがなんと言おうと、私は彼を信じています」

私は最後にはっきりと自分の気持ちを言った。

もう二度とこの人には振り回されない。

「そう、ご自由にどうぞ」

フッと笑った小鶴はクルッと背を向ける。

「ごめんなさい。本当になんと——」

島津のお義母さまが頭を下げようとするが、私は「お義母さま、謝らないでください」と遮った。

不思議なほど私の気持ちは落ち着いている。『違う』と言いきる啓介さんの声が聞こえる気がして仕方がない。

「啓介さんは、彼女が言ったような卑劣な行動をする人ではありません」

隣で母が「莉子？　あなたまだ」と呆れるが黙ってはいられない。

「私があれ以上、彼女に反論しなかったのは、赤ちゃんがいたからです。あんな一方的な言い分を聞く必要はありません」

たとえ鑑定したとして、結果がどうあっても、きっと理由があるはずだ。

なのに私をジッと見るお義母さまの視線は、あきらめに満ちている。

おそらくお義母さまはまだなにも啓介さんに聞いていないのだろう。聞いてさえいればこうはならないはずだもの。

「お義母さま、まず、啓介さんに聞いてみましょう。彼女だけの話では不公平です」

私の訴えが届かないのか、お義母さまは口もとを空しく歪め「浮気癖は、島津の血なのよ」と、ポツリと言った。

え、どういう意味？

「私もね、昔は莉子さんのように純粋だったわ」

「お義母さま？」

「子ども。あの子の小さい頃によく似ていた。莉子さんもそう思ったでしょ？」

「それは……」

ズキッと心が痛む。

子どもは男の子だった。正直、似ていたような気もする。あの子も福耳だったけれど鈴本小鶴も福耳だ。それだけで似ているとは言えない。

似ていると言うなら乃愛のほうがもっと啓介さんに似ているではないか。

「許してはだめなのよ、莉子さん。信じたつもりでも、疑惑は心のどこかでくすぶり続けるわ。大きくなることはあっても、消えはしないの。あなただって一度は離婚を決意したでしょう？」

それは……。

「で、でも私は啓介さんと話し合って、やり直していくと決めたんです」

「莉子さん、もういいわ。啓介は忘れて幸せを掴んでちょうだい」

異論は受け付けないという言い方だ。

「お義母さま、私は——」

小さく左右に頭を振った島津のお義母さまは、ゆっくりと立ち上がった。

「ごめんなさい。また連絡します。精一杯お詫びはさせていただくわ」

慌てて追いかけようとすると「やめなさい」と母に、手を掴まれた。

「そっとしておいてあげなさい」

「でも」

「誤解だとしても、あなたがなにを言っても説得力はないわ」

「だけどね、お母さん――」

せめて母だけは啓介さんを信用してあげてほしいと思ったのに、「いいから」と遮られる。

「とりあえずあなたはしばらく実家にいなさい、わかったわね」

「でも私は」

「すべてを解決して、啓介さんが迎えに来たらやり直したらいいわ」

「お母さん！　私はこんなときだからこそ彼と」

「莉子、私の言うことは間違ってる？　啓介さんを信じるなら家で待ちなさい」

私に口を挟む余地を与えず、母は話を続ける。

「あの鈴本小鶴という女性、彼女が嘘をついているとしても真実だとしても、異常よ。莉子、あなたは乃愛を守らなきゃいけないの。わかるでしょう？　病院をどうするかは私が院長と話しておくから、あなたは心配しなくていい」

母は心から私を心配している。意地悪で言ってるわけじゃないとわかっているだけにつらい。

目をつむり、ゆっくり息を吐いて気持ちを落ち着ける。ただ闇雲に反論しても堂々巡りだ。

「わかった。だけどその前に啓介さんとちゃんと話をさせてくれる？」

母は頷いた。

「そのかわり、私も啓介さんの話を聞きたいわ。ここまできたら見届けないとね。啓介さんは乃愛の父親なんだから」

「ありがとう、お母さん」

それからすぐに啓介さんにメッセージを送った。

話の内容には触れずお義母さまと鈴本小鶴と四人で会ったという事実だけを書いた。

【啓介さんを信じている。帰ってきたら話をしましょう】

今、啓介さんはオペ中なので、このメッセージを見るのは夕方になると思う。

おそらく島津のお義母さまも啓介さんに連絡を取るだろうし、もとから実家に帰る予定でいたから、今日は話ができないかもしれない。

【心配しないで、お義母さまを安心させてあげてね。私は大丈夫だから】

どうか私の気持ちが伝わってほしい。

そう願いながら、最後に【あなたを愛してる】と書いた。

啓介さんから電話があったのは、夜の九時過ぎだった。

「啓介さん、大丈夫なの？　お義母さま」

『ごめんな莉子。戻ったら説明する。もしかするとすぐには帰れないかもしれないが』

「うん。わかった。私は大丈夫だから」

『すまない』

そのまま、啓介さんからの連絡は途絶えた……。

結局、啓介さんと会えたのは三日後の夜八時だった。

「食事は？」

「済ませてきたよ」

戻ったら説明すると電話で言われたきりだが――。

沈痛な表情を見る限り、状況は芳しくなさそうだ。たった三日とは思えないほどのやつれ具合に胸が痛い。

「あの……啓介さん？　大丈夫？」

啓介さんが重たそうに口を開く前に、母がリビングに入ってきた。

「こんばんは啓介さん」

「この度は申し訳ありません」

母に向き直った彼は頭を下げる。

「まあいいからどうぞ座って」

乃愛は寝室にいる。サトさんが見てくれているから心配はない。

なにから話をしたらいいか。迷っていると、啓介さんが胸ポケットから封筒を取りだした。

「俺のほうは記入済みだ。提出はお願いしたい」

ハッとして息をのんだ。

封筒の中身はまさか、離婚届なの？

「啓介さん、まずは話を聞かせてくれる？　それでどうなったの？」

ショックが大きすぎてなにも言えない私の横で、母が冷静に聞いた。

「答えになっているかわかりませんが――。鈴本小鈴は血の繋がった俺の妹です。ですが、母はそれを知りません」

「それは……。今も椿さんはご存じないの？」

「はい。母は精神的にとても弱いところがあって、言える状態ではないんです」

お義母さまが知らない妹？　それじゃ――、お義父さまが浮気をしたの？

状況を理解しようと必死に考える。

そうか。妹だから彼女は子どもの鑑定に自信があったのだ。

詳しくは知らないが、親子ではないとしても、血をわけた伯父と甥ならば、まったくの他人という結果は出ないのではないか。

「過去にも同じようなことがありました」

啓介さんはここでひとつ、溜め息をつく。

「母は知りませんが、兄も小鶴が原因で破談になった過去があるんです。そのことも、莉子さんと結婚を決める前にきちんと話をしておくべきでした。申し訳なかったです」

え、お兄さまも破談……。

でも、わかる気がする。鈴本小鶴の堂々とした態度を思い出すと、嘘だと信じている今でも胸が塞ぐ。私と同じようにお兄さまのお相手の女性も彼女と対峙したなら、相当ショックだったに違いない。

私も離婚を決意するほど思い詰められたんだもの。

鈴本小鶴はなぜ、そこまでするの？　お父さまを恨むならまだしも、彼女が啓介さんやお兄様に酷い仕打ちをするのはなぜなの。

様々な疑問を抱えながら啓介さんをジッと見た。

「小鶴は自分が不幸なのに、俺や兄が幸せであるのが許せないんです。なにをしでかすかわからないところがあって――これまでも警察沙汰に……。島津家の闇に巻き込んでしまい本当に申し訳ありません」

啓介さんは苦しそうに声を震わせて、大きく息を吐く。

ただならぬ彼の様子から、言い知れぬ不安がみてとれた。得体の知れない恐怖に、私も鳥肌が立ってくる。

「小鶴は以前、人を刺しかけたこともあるんです。このままではあいつはなにをしでかすかわかりません。異常だが、父はあれでも娘だし苦労させてきたからと言って、強く出られない。すみません。離婚して無関係だと小鶴を説得する以外、莉子さんや乃愛を守る方法が……」

彼は見たこともないほどつらそうで、声もかすれて。見ていられない。

もうやめてと声をかけようとしたときだった。

「啓介さん無理に言わなくていいわ。大丈夫よ、もう十分わかったから」

母が心配そうに声をかけた。

「今の話も、私たちは聞かなかったことにしましょう」

彼のあまりに苦しそうな様子に打ちのめされた私は、自分の気持ちだけではどうにもならないとのだと悟った。

私たちは今度こそもう終わる。

だから、啓介さんは告白したのだ。

いつだったか私を守るために、真実を言えないのだと啓介さんは言っていた。

知ったからには一緒にいられないんでしょう?

私はありったけの力を振り絞り、微笑みを顔に浮かべる。啓介さんに心配をかけないように。

大丈夫よ、啓介さん。私はあなたの言う通りにする。

「離婚届は私が責任を持って出しておくわ。だから、心配しないで」

幸せを思い出に変えて

気づけばもうすぐ十二月だ。

軽井沢から帰ってきたときは、まだ夏の名残さえあったのに。

温かく幸せな秋は瞬く間に過ぎて、冬の寒気が、私の中の熱かったものも冷やしていく。

「啓介さんは今日が最後なのね」

庭を見つめたまま母の言葉に「うん」と、短く返事をした。

離婚が決まった次の日。私は離婚届を区役所に提出した。あれから二週間が経ち、様々な引き継ぎを終えた啓介さんは病院を去る。

院長を含め皆で話し合い、山上総合病院の理事長には、ひとまず母がなると決まった。

そして私は静かな気持ちでこの日を迎えている。

「大丈夫？　莉子」

私を慰めるように、母が私の肩を抱く。

――もう、終わったのだ。

「心配しないで、お母さん。大丈夫、私には乃愛がいるもの」

そう。私には乃愛がいる。

腕の中でスヤスヤと眠っているこの子がいる限り、私はがんばれる。

ともすると塞ぎ込んでしまいそうになる私を救ってくれたのは乃愛だった。まだ歩けもせずひとりでは生きていけない存在が今、私自身を守ってくれている。

たった二週間で引き継ぎは済むのかと心配だったけれど、もしかすると彼は、こうなるのを予見していたのかもしれない。

毎日のようにオペをしていたはずが、彼は実家に帰ったあの日以降の手術の予定を入れていなかった。いつの間にかスカウトして連れてきていた優秀な脳神経外科医に引き継いでいたのだ。

どこまでも頼もしい完璧さに苦笑するしかないが、私は彼に最後にひとつだけお願いをしようと思う。

「お母さん、乃愛を見ていてくれる？　啓介さんに挨拶をしてくる」

理事長として山上総合病院を守ってくれた彼を、しっかり目に焼き付けておきたい。

再生した綺麗な白亜の病棟。

軽井沢から戻って、今のように山上総合病院を見上げた日が脳裏をよぎる。

思い返すのも恥ずかしいが、負けないとばかりにやる気満々で、睨むように見つめていた。あのときの私は、自分の気持ちだけで心がいっぱいだったから。

でも今は、彼の気持ちばかり考えてしまう。

病院を去るのは寂しいだろうか。それとも肩の荷が下りてホッとしているのだろうか。少しでもいいから、楽しかった思い出もあったらうれしいけれど……。

理事長室の前に立ち、大きく息を吐く。

気持ちを整えたところでドアをノックした。

「失礼します」

くぐもった「はい」と応える彼の声を聞き、中に入ると、啓介さんはデスクの前に立ち書籍の片付けをしていた。

彼は紺色のスーツを着ている。彼のスーツ姿は本当に素敵だ。すらりと背が高くて脚が長いからなにを着ても似合うけれど、スーツのときはより一層男らしく感じる。

袖から覗く白いシャツ、そして力強さを感じさせる手の長い指が、本を積み重ねていく。

でも、彼はやつれて見えた。

なんでも完璧なあなたは、自分のことになると二の次になるから心配だ。

体を大事にしてほしいのに。

「差し入れです」

なんてことのない自販機の炭酸水だけれど、啓介さんは気分転換のためにこの炭酸水をよく飲んでいたから。

弾けたように笑って彼は「ありがとう」とペットボトルを受け取った。

「ちょうど喉が渇いていた」

それは本当らしく、キャップを開けてごくごくと勢いよく飲む。

「整理はついたんですか？」

「なんとか片付いた」

「お疲れさまでした」

「夕方院長とお義母さんと経営コンサルタントを交えて話をする。問題がないように引き継いでおくから心配ないよ」

啓介さんのことだから、その通り私たちが困らないように采配してくれるのだろう。

「ありがとう」

「いや、俺のせいだから」

「私は本当に大丈夫よ。母もサトさんも、乃愛もいる。ひとりじゃないもの」

心苦しそうに表情を曇らせる彼に、私まで心配かけたくない。

「母は強しなんだから」

精一杯明るく笑うと、彼もつられたように白い歯を見せた。

「頼もしいな」

啓介さんも笑顔になる。

よかった。涙の別れにはしたくないから。

「こんな形でしか解決できなくてすまない。でも、俺は変わらず君たちを愛している。もし、君が……」

彼はそこで言葉を止めた。

「啓介さん？」

「いや──莉子、最後にもう一度だけ、乃愛に会わせてくれないか？」

「もちろんよ」

最後だなんて言わないでと、心の中で続けたけれど、口には出せない。

「帰りに寄って。待ってるね」

誠心誠意、感謝を込めて笑顔を作る。

それでも頷く啓介さんを直視できなくて、「じゃあ」と、私は背を向けた。

最後に言いたかったお願いは、後で言おう。

私はいい。ただ、ずっと乃愛のパパでいてあげて。私の願いはそれだけよ……。

＊＊＊

カフェの窓から、空を見上げた。

細い空に薄く虹が見える。

十二月は虹が見えやすいと聞いたことがあるが。

そういえば莉子や乃愛と買い物に出かけた夕方に綺麗な虹を見たなと思い出した。

記念に写真でも撮っておけばよかった。次こそはと思ったところで、離婚届を出した今ではそれも叶わない。

俺は明日を最後に、山上総合病院を去る。

すべては後悔先に立たずだな。

苦笑しつつ席についていて間もなくだった。待ち合わせの店に、小鶴はひとりで現れた。

憮然としたまま椅子に腰を下ろす小鶴は、メニューを見る。

莉子が離婚届を出したと報告を受けてすぐ、俺は小鶴に連絡を取った。

電話口で『なによ。苦情なら受け付けないわ』とふてぶてしい態度を見せていたが、お前に会うのはこれが最後だと告げ、この店に来るよう日時を指定したのだ。

店員が去るのを待って率直に切り出した。

「俺は莉子と離婚した」

小鶴はニヤリと笑う。

「へえー。彼女、あんたを信じるとか言ってたくせに、やっぱりね」

「莉子はもう島津とは関係がないから近寄るな。もし近寄ったら、異母妹とはいえ、もう黙っていられない」

「こわーい」

あははと顎を上げて小鶴は笑う。

「そんなこと言って、私の存在を知られたくないのはどっちよ。それを忘れないでほしいわね」

「いいか小鶴、よく聞け。──なにかあれば俺は、島津の平安より莉子を選ぶ」

俺の真剣さが伝わったのか、小鶴は気まずそうに横を向く。

「なあ小鶴、俺は兄として、お前に幸せになってほしいんだ」

心から訴えかけた。

小鶴がどう思おうが俺の本心だ。血を分けた妹の小鶴には、心から幸せになってほしいと思っている。この気持ちに嘘はない。

「これからは復讐なんて忘れて、お前はお前と子どもの未来のために生きろ」

「はぁ？　あんたになにがわかるのよ」

「……お前の復讐は、どうやったら終わるんだ？」

「終わらない。一生終わらない！」

「父か？　父は長いことお前に会っていないと聞いた。父の償いが望みなら、俺が引きずってでも連れてくる。どんなことでもさせる」

「すべては今更よ」

「小鶴、俺は——」

小鶴は両手で耳を塞ぎ、激しくかぶりを振る。

「うるさいわね。わかったわよ！　あんたの説教なんてもうたくさん」

テーブルを叩きつけて小鶴は立ち上がった。

「莉子さんには近づかない。だからあんたも私に干渉しないで！」

飛び出すようにして小鶴は店を出て行った。

困惑顔の店員から、彼女が頼んだグレープフルーツジュースを受け取り、溜め息をつく。

子どもができるまで小鶴はいつもブラックコーヒーを飲んでいた。子どものために飲む物を変えたように、彼女自身も少しずつ変化していくと信じたい。

あれでも小鶴は今まで約束だけは守った。莉子には近づかないだろう。

少なくともこれでひとまず莉子や乃愛は安全だ。ホッとして肩の力が抜ける。

あと少し、根本解決ができれば、また莉子と三人で——。

よぎった思いに自嘲の笑みが浮かぶ。自分から手放しておいてなにを考えているんだか。

これでいい、これでよかったんだと自分自身に言い聞かせた。

莉子を初めて見たのは彼女に言った通りｔｏＡでだった。

ｔｏＡは医療系商社であり、様々なメーカーの医療機器を取り扱う。専務である僚から医師として忌憚のない俺の意見を聞きたいと、ときどき相談されるのだ。

その日も仕事の合間に寄り、コーヒーを出してくれたのが莉子だった。

燎の執務室に莉子が入ってきた途端にハッと胸を打たれた。

莉子は少しくすんだ淡いピンク色のブラウスに白いスカートを履いていて、目が合うと少しはにかんだようにまつ毛を揺らし、にっこりと微笑んだ。

カップを置くときに繁々と見た。細いまつ毛、横に流した髪、つるんとした額に、目尻の下がったかわいらしい目。ぷっくりとした小さい唇。

随分かわいい子だなと思った。

役員室に出入りするからには学生のバイトではないのだろうか。などと思いつつ、彼女が部屋を出て行くまであんまりジッと見ていたものだから燎が呆れて笑った。

『啓介さんが女の子に興味を持つなんて珍しいですね。そんなに気になりますか？』

『随分幼く見えるが、社会人なのか？』

『秘書課に入ったばかりの派遣社員ですよ』

なるほど、職について一年目なら初々しいのもわかる。聞けば中学だけとはいえ彼女も青扇学園出身で父親は医師だという。身元も保証されているから、秘書課にいるんだなと納得もした。

『山上総合病院って知ってます？　そこの娘ですよ』

彼女の親が病院の跡取りを探していると知ったのは、その後一年近く経ってからだ。

俺がいた大学病院の、先輩医師から見合いをしないかと話があった。

『山上といえば名の知れた病院だ。しかも理事長の娘は大学を卒業したばかりで、すこぶるかわいい。最近経営が傾いているとはいえ、手を挙げる若い医師は多い。だが、そういう男に限ってなのかなにかしら問題があってね。女性関係がだらしないとか、実力がなかったり。島津君なら申し分ないんだが』

山上総合病院と聞いて、すぐに彼女を思い出し、あの幼く見える子がお見合いするのかと驚いた。

興味半分で話に耳を傾け、うちの親に相談すると賛成された。

『山上は以前再開発の目玉にしようとした総合病院だ。だが、どうも経営難らしくてな。理事長と折り合いがつかず、結局は区域には入っていないが、総合病院が隣接するのはマンションの住人にとって大きな売りになる』

『経営難？』

『ああ。理由はいろいろあるらしいが、要は後継者不在だろう』

『ふぅん』

『ちょうどいい、資金は援助するからお前がなんとかしてこい』

母は母で、なにしろ女っ気のない俺が自分から持ってきた縁談というだけで、両手を上げて歓迎した。

ひとまず会ってから考えると答えた。

小鶴の件もある。原因が父の浮気ということもあって、俺は結婚に対し懐疑的な思いしかない。

最初から結婚を意識して話に乗ったわけではなく、彼女がどんなふうにお見合いの席に着くのか。二十四歳の若さでなにを思い、政略結婚をしようとしているのか。この目で見て見たかったのだ。

そして迎えた当日、彼女はｔｏＡで見たときとは違い、すっかり大人の雰囲気を漂わせていた。

母から前もって聞いていた話によれば、山上は彼女の結婚を急いでいた。俺が断ればすかさず次の候補者と見合いをするだろうと。

ｔｏＡの正社員にはならず派遣社員だったのも、早くから政略結婚を見据えていたからだと知り、ならば俺がと思った。

結婚を決めてすぐ彼女の父から病気を告白されて納得した。彼女の父は山上総合病院だけでなく莉子の将来を心配していたのだ。

義父のためにも俺は精一杯力を尽くしたつもりだった。

結局、肝心な莉子を傷つけてしまったが……。

初恋だったんだよな。

縁談が進み一応toAの燎に報告をすると、彼は『やっぱり一目惚れだったんじゃないですか』と笑ったが、その通りだった。

莉子をこの腕に抱き愛しむうち、心を満たしていく彼女の温もりが俺に生きる意味を教えてくれた。

俺が愛した唯一の妻、莉子。今も彼女を想う気持ちに変わりはない。

そして山上総合病院に通う最終日を迎えた。

「短い時間でしたが、ありがとうございました」

「こちらこそ」

涙ぐむスタッフや院長に別れを告げ、約束通り、莉子と乃愛の待つ山上家に向かう。

ふたりに早く会いたいという気持ちと、会ってしまえばもう終わりだという気持ちがせめぎ合う。

車窓を流れる街並みを見てふと思った。

思えばこの一年は、山上総合病院を立て直すのに必死で、走り抜けるような毎日だった。

俺がいなくても困らぬよう、この二週間で考えうるすべての手を尽くした。最後の憂いであった小鶴も含め、もうなにも心配はない。

車に載せた荷物はスーツケースひとつだけだ。

突然身軽になったせいか、どこか心許ない気がするが、俺にはまだふたりを見守るという楽しみある。

たとえ遠く体は離れていても、俺の心はここに置いていくからと、助手席に手を伸ばす。

触れた紙袋には乃愛へのプレゼントが入っている。

昨日小鶴と別れた後に買った、白いゴマフアザラシのぬいぐるみだ。

乃愛が喜んでくれるといいが。


「じゃ、元気でね」

「君も。乃愛をよろしく――」

一瞬言ってしまおうかと思った。

「ん？」

「いや、なんでもない。じゃあ、行くよ」

必ず迎えに来る。

本当はそう言いたかった。言えば君は、待ってるねと笑ってくれたかもしれない。

でもこれ以上惑わすようなまねはできないから。

最後にバックミラーを見ると、乃愛の手を振りながら、莉子は笑顔で手を振り続けていた。

きらりと莉子の頬が光った気がするが、振り切るようにアクセルを踏む。

また会おう。

俺は何倍も力をつけて帰ってくる。

だからどうか元気でいてほしい。健康で笑顔で。楽しい日々を。

ただ、それだけを願った。

別の道のその先で

「理事長。お客様がお見えです」

「はい。ありがとう」

にっこりと微笑むのは理事長となった母だ。

啓介さんと離婚して一年。

私はこつこつ勉強していた医療経営士の資格を取り、山上総合病院の副理事長として忙しい日々を送っている。

「理事長」と、母に声をかけた。

「私がコーヒーお出ししましょうか?」

母は溜め息まじりに頷く。

「ええ、お願い」

病院では母を理事長と呼んでいる。最初のうちは理事長、副理事長と呼び合うことにこそばゆさを感じたが、今はもうすっかり慣れた。自然と敬語も出てくる。

啓介さんが病院を去るにあたり、次の理事長をどうするか経営コンサルタントを交えて十分に話し合って決めた。母は現場を離れて久しいとはいえ、内科医の資格を持っている。

本音を言うと私も母も院長に理事長をお願いしたかったけれど、院長は固辞した。

『全力でお支えしますから』

これまでも散々お世話になっている院長に無理は言えない。不安を乗り越え、母が理事長となり私が副理事長として経営に携わると決まった。

父、そして新生山上の礎を築いてくれた啓介さんへの恩返しのために、必死でがんばっている。

手探り状態でスタートした割には、大きな問題もなくここまでこれた。

若いが実力のある部長たちと、部下の信頼厚き叩き上げの看護師長。優秀なコンサルタント。そして、細かく目を配ってくれる誠実な院長というスタッフの協力があればこそ。元を正せば彼らのような人材を、適材適所に配置しておいてくれた啓介さんのおかげである。

「いらっしゃい」

お客様はソファーに座るなり「今日も寒いわね」と溜め息をつく。

「いつの間にか年の瀬ですもの。一年が早くて困ってしまうわ」

「ええ本当に」

お客様は、医療提携しているクリニックの奥様だった。

年齢は母より少し下、アラフォーの彼女はやり手で、美容に特化したオートクチュール医療サロンの運営もしている。

お客様には医療関係者も多く情報通の彼女との交際で得るものは大きい。

現場から離れて久しい母と、専門的な知識に乏しい私は、足りない分を埋めるために、こういった社交活動を積極的に行っている。

私は自分から積極的に社交場に行くようなタイプではないから大変ではあるが、井の中の蛙にならないよう、がんばらなきゃいけない。

「そういえば、ＳＩＭＡはお家騒動で揉めているそうね」

突然出てきた名前にハッとして心臓が早打ちしたが、気取られないよう平静を装う。

コーヒーを出した後はお客様の相手を母に任せ、私は自分の席に戻った。

「社長は事実上引退でご長男が新社長になられたとか。島津の奥様も京《きょう》都《と》に帰ってしまわれたそうよ」

私のデスクと応接セットとはほんの二メートルほどしか離れていないから、話は丸聞こえだ。お客様の続く言葉が気になり、耳を澄ます。

「そうなんですか。もう、すっかりお付き合いがなくて」

母が言った通り、この一年まったく島津家とは交流がない。

お客様がわだかまりもなく島津の名前を口にする理由は、私たちは表面上、円満離婚となっているからだ。

表向きでは、啓介さんがアメリカ行きを選んだことによる離婚となっている。

わざわざ自分から言わなくても世間的に政略結婚だと知られているので、離婚もさほどの驚きもなく受け入れられたようだった。

彼は実際に渡米した。

風の噂で活躍していると聞こえてくるが、詳しくは知らない。

私たちが連絡を取り合うのは月に一度。毎月振り込まれる養育費のお礼にメッセージを送り、彼から短い返事があるだけの付き合いである。

憎み合って離婚したわけではないが、私たちはもう他人だと意識するようにしている。別の未来を進んでいくためにもそうあるべきで、彼も同じように思っているはず。

だからこそいつも定型文のように『こちらこそありがとう』としか返事がないのだろう。

ましてや島津家とはまったく交流がない。私が島津のお義母さまに会ったのは、カフェで鈴本小鶴と同席したあのときが最後だ。

「どうやら、離婚するかもしれないそうよ」

え？　お義母さまが離婚？

驚いて顔を向けると母が「あらそうなんですか？」と落ち着いて聞き返した。

「なんでもご主人に隠し子がいたとか。島津の奥様は許せなかったんでしょうね」

動揺を見せないよう、私は神妙にうつむきデスクの上にある資料に目を落とす。

もしかして。鈴本小鶴がお義父さまの不義の子だと島津のお義母さまは知ってしまったのか。

「まあ隠し子がなんて話だけなら、よく聞くけれど、島津さんは奥様のご実家の援助で会社を大きくしていったんだもの、酷い仕打ちよね」

「そうなの……。うちと縁があった頃の島津さんってほとんど海外にいらしたから、どんな方かよくわからないのよ」

母が言う通り、見合いの席を含め島津のお義母さまとは何度か会っているけれど、私が島津のお義父さまに会ったのは結婚式だけだった。父の生前、父同士はテレビ電話で何度か話しているようだったが、それでも親交を深めるほどではなかったと思う。

「奥様のご実家は、あの有名な不動産会社だったわよね？」と母が聞いた。

資産家同士のよくある政略結婚だったと聞いた記憶がある。

「ええ、そうよ。島津さんのところで随分たくさんのビルを建てたそうよ」

「それじゃあ奥様だって許せないわね」

母は知らぬ顔で相槌を打つ。

「ご存じでした？　島津の跡取りの長男は結婚直前に破談になっているんですよ？」

「ああ、それならばなんとなくは――」

鈴本小鶴が原因だと、私も母も啓介さんから聞いている。

「以来女性不信なのか、三十代半ばだというのにまったく結婚の話もないし。島津の家はどうも結婚相手としては評判がよくないわ」

啓介さんが言った『島津家の闇』という言葉を思い出した。

それにしても、人の口には戸が立てられないと言うが、噂というのは恐ろしいと思う。

他人からこんなふうに聞かされるのは、私としてはいい気はしないが、彼女にしてみれば、私たちを庇っているのかもしれないし。

複雑な思いに揺れていると「ねえねえ莉子さん」と声をかけられた。

「はい？」

「どう、そろそろ再婚考えてみない？」

え？　突然で驚いた。

「ちょうどいい人がいるのよ」

「あ、あはは」

笑ってごまかすしかない。

「今はまだ副理事長の仕事に頭がいっぱいで、すみません」

「そう。乃愛ちゃんが小さいうちのほうが、新しいパパに懐くだろうし。その気になったらいつでも言ってね。候補者はたくさんいるわよ」

「ご心配ありがとうございます」

苦笑混じりに話をかわす。

再婚なんて考えてもいなかった。無我夢中で副理事長の仕事をして、乃愛を育てるのに必死で、新しい恋をする心の余裕なんてなかったから。

それに、私の中の啓介さんは色鮮やかなままだ。

いつかはこの記憶も曇るのだろうか――。

啓介さんはどうなのかな、とふと思う。

彼は素敵な人だから、アメリカにいても女性にモテているはず。

私から離婚を言いだしたときは渋っていたとはいえ、結局彼が離婚を選択し、あれからもう一年だ。新しい恋をしているかもしれない。

それはそれでちょっと悲しいが、もう苦しんでいないといいな……。

目を閉じると瞼の裏に、鈴本小鶴が浮かんだ。

離婚して間もなく、私は偶然彼女に会った。

用事があり、乃愛を置いて夕暮れの銀座を歩いていたときだった。

正面から歩いてきた彼女はひとりだった。関わらないほうがいいと思いそのまま通り過ぎようとしたが、彼女のほうから「莉子さん」と声をかけてきた。

歩道の隅に寄り、ほんの少しだけ立ち話をした。

『離婚しちゃったのね』

『ええ。でも小鶴さん、私は啓介さんを信じていましたよ』

どうしてもそれだけは言いたくて、はっきりと言った。

『離婚した今でも彼を信じています』

『そう、それはよかったわ。じゃあねバイバイ』

彼女の気持ちは知る由もないが、お願いだから彼をもう苦しめないでほしい。

啓介さんは完璧で強い人には違いないが、生きるのは不器用だから心配だ。ストイックに自分を追い詰めて、体を壊していないといいけれど。温かい愛情で、彼を支えてくれる強くて優しい女性が近くにいてくれるなら、私はそのほうがいい。

彼が倒れるくらいなら、誰かと一緒でいてくれるほうが……。ときどき思う。

私がもっとしっかりしていて、頼りがいのある妻だったなら、彼はちゃんと話をしてくれたんじゃないだろうか。

私には受け止めきれないと判断したから、彼は離婚を選んだ。弱いばっかりに。子どもなばっかりに、父も私には病気を隠し、啓介さんも別れを選んだ。

啓介さん、元気でいるのかな。

月に一度のメッセージを送り、返信があるとホッとする。

このやりとりはいつまで続くのか。乃愛が成人するまで？　その頃私たちはどうなっているんだろう。その先は？

つらつら思いを巡らせながら、お客様を見送った。

扉を閉じると母が溜め息をつく。

「島津の家って思ったよりずっと複雑で面倒くさいわ。よかったわね莉子。縁が切れてなければ巻き込まれて大変だったわよ」

私は母に苦笑を返した。

「まあ、でも啓介さんにはお世話になったから、あまり悪くは言いたくないわね」

「そうよお母さん」

母の優しい微笑みに、ありがとうと心で返す。啓介さんを責めないでくれて本当にありがとう。

経営に素人の母と私でなんとかやっていけているのは、啓介さんのおかげだと、母もよくわかっている。私たちは彼が敷いたレールを進んでいるだけだ。

たった一年やそこらで、ここまでにしてくれた彼の苦労を思うとき、私は胸が痛くなる。

特に父が亡くなってからは大変だったと思う。

私も母も病院は彼に任せきりだったのに、彼は一切の資産を自分のものにはしなかった。

残された私たち家族の名義にして、自分はあくまでも名ばかりの理事長だという立場を貫いていたのだ。

どんな気持ちだったんだろう。

それでも帰らない私を彼はどう思っていたんだろう。

簡素化されて誰が見てもわかりやすくなった書類を見る度に、いつかくる離婚の日を予測していたのかなと想像したりする。

まるで残った私のためにそうしてくれたのかと。

養育費として毎月振り込まれる使い切れないほどのお金も……。

啓介さん……。

お客様から島津家の話を聞いたせいか、その後も彼のことが気になって仕方がなかった。


次の日は休み。

私は乃愛を連れて瑠々と待ち合わせをした。

場所は料亭『富紅《ふく》』。瑠々の本来の実家。というのもひと月前に琉樹はついに料亭を取り戻したのである。

「よかったね瑠々。懐かしいなぁ」

「大変だったんだよ、やつら本当にセンスなくてさ」

瑠々たちの父が急死し、残った借金の肩代わりをする代わりに料亭を伯父に渡していた。まだ子どもだった琉樹と瑠々は伯父の要求に従うしかなかったのだ。

伯父は強欲らしく高額の利息も要求してきたが、悔しさに耐え琉樹と瑠々はしっかりと借金を返済した。瑠々は今の仕事を続け、琉樹はホストを引退し料亭の主となった。

「いらっしゃい」

「琉樹。うわー、見違えたよ。今日はお招きありがとう」

照れたように笑う琉樹にホストの面影は残っていない。

金髪だった髪は黒く、愛染の着物がよく似合っていて清潔感に溢れている。もともと真面目だったから、あるべき姿に戻ったというべきか、表情も穏やかだ。

「ホストのときのお客様が、こっちにも通ってくれるんだって」

瑠々の話に琉樹は頷く。

「ありがたいよ」

ホスト時代のお客様は、お金持ちのマダムが多かったと聞く。琉樹の苦労や努力は無駄になっていないのだ。

「琉樹、がんばったもんね」

「ありがとう。さぁ入ろう」

琉樹が乃愛を抱き上げてあやしながら、店の中に入っていく。

ふたりとも乃愛をかわいがってくれるが、特に琉樹は父親役を引き受けてくれた過去があるせいか「乃愛、るーパパだよ」なんて会う度に言っている。

「うーぱ！」

「あはは、かわいいなぁ」

パパか……。

私が再婚しない限り、乃愛のパパはずっと啓介さんだ。

その啓介さんも、今後アメリカを本拠地にするなら簡単には会えないし、乃愛はパパがいないまま成長することになる。

私は両親と弟がいて幸せな子ども時代を過ごしたから、父親がいない状況が乃愛にどんな影響を及ぼすのか想像できない。

愛はなくても、お客様に薦められたように再婚すべきだろうか。山上総合病院の未来を考えても、そのほうがいいとわかっている。弟の健は継ぎたくないというし。

どうも昨日から再婚の二文字が頭から離れない。

つらつら考えながらついていくと、やがて琉樹が立ち止まった。

「さあどうぞ、この部屋は小さい子がいるお客様向けなんだ」

拭けば簡単に汚れが落ちる壁と絨毯。調度品は固定してあるからイタズラもできない。場所は離れだから泣き声も響かないという。

聞けば聞くほど、子連れにとって安心できる仕様に感動する。

「すごいね、琉樹。高級店って子ども大丈夫かなって考えちゃうから、ありがたいよ」

「子どものお祝いに利用してくれるお客様もいるからね。気がついたことがあったら言って、参考にするから」

「うん。わかった」

ほどなくして食事がはじまると、琉樹は店の奥に消えた。

「ねえ瑠々。私、再婚の話があってね」

瑠々に話を聞いてもらった。

「正直私ひとりなら再婚なんてしなくていいんだ。でも、この子や病院のことを考えると、そうも言ってられなくて」

「縁談かー。そういえば啓介さんとも政略結婚だったもんね」

「うん……」

「まぁあんな好条件はそうそういないだろうけど」

「子連れの再婚だしね」

彼のように完璧な人はもう望めないけれど、私は彼の顔やスタイルばかりが好きだったわけじゃない。患者ファーストの誠実さや、一緒にいるときの安心感とか。

優しくて包容力があって――。

愛のない政略結婚のはずが、私は恋をした。

同じように情熱的にはいかなくても、誰かを愛せる日がくるのだろうか。

「しかしまあ、一難去ってまた一難か。今度は再婚で悩むなんてね」

「なんか、人生って大変だね」

思わずこぼれた本音に瑠々が笑う。

「そうだね莉子。ほんとにそうだ。若くたって生きてくのは大変なんだよね」

私たちは笑い合った。

なぜだか笑いが止まらず、笑いすぎて涙が溢れる。

「瑠々、私ね、まだ啓介さんが好きなんだ」

「莉子……」

たぶんこの気持ちはずっと消えないと思う。

本当はずっと待ってるって言いたかった。啓介さんが私を待っていてくれたように、私も乃愛と待っているって言いたかった。

でもそれじゃ、離婚を選んだ彼の自由な未来に水を差すことになってしまう。だから気持ちに蓋をした。この蓋を二度と開けちゃいけない。

「マッマ?」

「あーごめんね乃愛。笑いすぎただけだよ」

慌てて涙を拭い、不安そうな乃愛に笑顔を見せる。

「大丈夫だよ莉子。再婚なんかしなくたっていいよ。病院はさ、誰か立派な人に渡せばいいじゃん」

「うん。そうだね」

「そうだよ。健みたいに継ぐのは嫌だって言っていいんだって。乃愛のママは、真面目すぎだよねー」

瑠々が乃愛に向かって百面相をすると、乃愛が楽しそうに声をあげて笑う。

「なんとかなるって。私も琉樹もいる」

うん、うんと頷きながら、乃愛に背中を向けてそっと涙を拭った。

食事を終えて琉樹に見送られながら通りに出ると一陣の風が吹き抜けた。

寒さに身をすくめ、乃愛のポンポンがついた毛糸の帽子を直す。

「乃愛、またな」

琉樹に頭を撫でられると、乃愛は琉樹に「りゅーパー」と両手を伸ばし抱いてとせがむ。さっき高く抱き上げてもらったのが気に入ったのだろう。

「よーし、たかいたかい」

キャッキャと笑う乃愛を見て、そういえば啓介さんが赤ちゃんの乃愛によくやっていたっけと思い出した。

最近は思い出さない日もあるのに、今日は彼をよく思い出す。

縁談の話のせいだわ、と溜め息をついた。

＊＊＊

タクシーから見る久しぶりの東京は少し風景が変わっていた。

あったはずの店がないだけかもしれないが、やけに他人行儀に感じる。まるでここはお前の居場所ではないと言いたそうだ。

別に逃げだしたわけじゃないが、帰国が憂鬱だったのも事実。そうなるからには心のどこかに後ろめたさがあるんだろうと自嘲する。

だが自分で決めた道だ。後悔はない。

ちらりと腕時計を見た。

時刻は午後二時。これから小鶴に会い、その後京都に向かう。

母の様子を見に行かなければ……。

一週間ほど前、兄から電話があった。

『母さんが真実を知ってしまった。小鶴と揉めて傷害事件に発展しかけている』

一年前、俺と会ったのを最後に小鶴は姿を消した。

毎月養育費の振り込みとともに莉子とメッセージのやり取りをする度に、消えた小鶴が頭に浮かんだ。

とにかく小鶴の件を解決しなければ、俺は莉子や乃愛の前に正直な気持ちで立てない。自分のためにも小鶴のためにもと考えるうち、ふと気づいた。小鶴は父とちゃんと向き合うのを恐れている。だからあのとき、逃げるように去ったのではないか。

案の定、父に詳しく話を聞いてみれば、顔を合わせることを避けているのは父ではなく小鶴のほうだとわかった。

父は幾度となく小鶴と会おうとして拒絶され、あきらめていた。小鶴の母が晩年病に倒れて入院していたそうだが、父はそれを知らず、亡くなったときもアメリカにいた。もともと小鶴の母から経済的な支援を断られていたのもあって、ずっと罪悪感を抱えている。

強引にでもふたりを会わせる必要があると考えた俺は、仁に調査を依頼し、つい一カ月ほど前、ようやく小鶴を見つけだした。

その上で父を説得した。あきらめないでほしい。母には俺と兄が寄り添うから心配ないと。

そして父は小鶴に会った。怒り狂い暴れる小鶴を抱きしめ、謝罪をし、復讐なら自分がすべて引き受けると訴えたそうだ。『こんなことはもう止めて、お前はお前の幸せを考えるんだ』と。

話し合いの結果、小鶴は納得し、もう二度と父以外の島津家の人間には関わらないと誓ったという。それ以降、小鶴はときどき父と連絡を取るようになり精神的に落ち着いていったと聞いている。

それなのに、どうして傷害事件が起きてしまったのか。

母は確かに小鶴の子どもをずっと気にしていた。DNA鑑定をしようとしていたが、俺が責任を取るからと子どもの髪を預かり、とにかく誤解だと言い聞かせた。母は納得しきれない様子だったが、小鶴が消えたために結局うやむやになっていた。

ところが最近になって、偶然母が小鶴を見つけてしまったらしい。いくらか成長した小鶴の子どもにやはり疑問を持った母は、そのまま小鶴の後を付けて居場所を特定し、子どもの爪、すなわち俺には髪の毛しか渡さず隠し持っていた爪でDNA鑑定をした。

その結果を元に小鶴に詰め寄り、事件は起きたという。折をみて小鶴の話を母にしようと父と兄と相談していた矢先の出来事だった。

なんとか情報は止めているが、母は相当ショックを受けいっときは入院した。今は少し落ち着き、京都に戻り離婚したいと言っているそうだ。

成田に到着してすぐ、母に電話をかけた。

『ごめんなさいね啓介。情けない親で』

電話口で泣き出した母を慰め電話を切った。

母には母の妹が付き添ってくれている。兄の話では落ち着いていると言っていたが、殻に籠もりすぎないか心配だ。とにかく信頼できるドクターに診てもらえるよう手筈を整えよう。離れていてもできる限りのことはしてあげたい。

あれこれ思い巡らしながらタクシーを降り、小鶴と待ち合わせの喫茶店に入る。

窓際の席に小鶴はいた。

今まで待つことはあっても、時間通りに来たためしがないのに。心境の変化でもあったのか。

小鶴は傷害罪で逮捕されかかったが、いち早く弁護士が動き、母が軽傷で済み厳刑を望まなかったのもあって不起訴処分になりそうだ。

「久しぶり」

「子どもはどうした？」

あははと小鶴は笑う。

「変わらないわね。啓介はいつも最初に子どもの心配をする。大丈夫、夫がみてくれてるわ」

小鶴は子どもの父親と結婚した。誠実で真面目な男のようで、小鶴が事件を起こしたときも我が家に謝罪に訪れたらしい。

「元気そうだな」

「ええ。おかげさまで。啓介は少し痩せた？」

「そうかな」

確かにいくらか痩せた。食事が合わなかったせいかもしれないが。

小鶴の落ち着いている様子に安堵し、事件当日なにがあったか聞いた。

「——突然あの人が来て、ＤＮＡ鑑定の結果を差し出してきたわ」

俺との血縁関係は微妙な数字だったらしい。

「疑問に思ったんじゃない？　だから、正直に言ったのよ。私の父親はあんたの旦那だってね」

小鶴の告白を聞いた母は絶句したという。

「ちょうどそこに彼が帰ってきたの。ＤＮＡ鑑定を見て彼も自分の子じゃないのか？って混乱して、もうめちゃくちゃよ。それでどこまで私を不幸にすれば気が済むのって——」

それからは予想通り、逆上した小鶴はハサミで母を切りつけたのだ。

「私、本当にもう島津家には関わらないつもりでいたの。ずっとお父さんから逃げ回っていたのは、お父さんの謝罪を受けちゃうと、もうなにもかも終わってしまう気がして」

ときどき窓の外の空を見上げながら、小鶴はぽつりぽつりと続ける。

「一年前、啓介に言われたじゃない？　幸せになってほしいって。あのときから、ずっと考えてたんだ。〝幸せか〟ってね。私、復讐心だけで生きてきたでしょ。だから幸せになっちゃいけないんだと思ってた。でも、彼も、幸せになっていいって」

「そうか」

「――彼が止めてくれて大事にならずに済んだ」

シュンとうつむく小鶴は「ごめん」と小さく言った。

「ん？」

「啓介だけは、ずっと私から逃げないでくれた。ちゃんと受け止めて、幸せになれって。なのに、啓介の幸せ壊しちゃって……。あんなにかわいい子どもがいたのに。私、知らなかった」

ぽとりと落ちたのは、小鶴が初めて見せた涙だった。

店を出ると、通りの先で小鶴の夫が子どもを抱いて待っていた。

俺に向かって頭を下げる彼は、今回の事件で小鶴からすべてを聞いてもなお、彼女を守ると言ってくれたそうだ。

「私ね。彼の実家がある北海道《ほっかいどう》に引っ越すの」

「へえ」

「もう東京には戻らないから安心して」

いたずらっぽく笑う小鶴に微笑みを返した。

「それでもお前は俺の妹だ」

疎ましくもあったが、どうしても見捨てられなかった。

「幸せになるんだぞ」

小鶴は心底自分の母を愛していただけなのだ。長い月日をかけてようやく母の死を受け入れられたのだろう。

頷いて涙ぐんだ小鶴は「うん」と小さく言った。

喫茶店を出て小鶴を見送り、歩き出した。

次は母だ。

結局離婚になってしまったが、父と小鶴の母親との不倫を知ったとき、すでに父への愛情は消えていたのかもしれない。電話では『ただの意地だったのかもしれないわ』と言っていた。自分が離婚を選べば、父は小鶴の母親と再婚するに違いない。それを阻止するためだけに結婚生活を続けてきたのだと。

小鶴の存在を知っていれば、もっと早く離婚していたかと聞くと、母はわからないと答えた。あの時期は冷静さを失っていたから、さらに意固地になっただけかもしれないと。

父は母がしたいようにすべてを受け入れると言っていた。ただ、こうなってしまったが母をずっと愛していたし、この気持ちは変わらないと伝えたらしい。笑ってしまうほど不器用な父の思いが、いくらか母に伝わっているといいが。

京都に行って、母の気持ちが楽になっていれば今はそれが一番だ。

莉子への連絡はそのときにしようか？

できればアメリカに戻る前に一度だけでも会いたいと思うがどうだろう。

小鶴が銀座ですれ違ったとき、彼女は『今でも彼を信じています』と言ったそうだ。

莉子……。

彼女を想うと胸が熱くなる。

向こうに行けばいくらか気持ちが離れるかと思ったが、そうはならなかった。むしろ想いは強くなった気さえする。

一緒にいるだけが愛じゃない。遠くで見守るという形の愛情だってある。莉子と乃愛が幸せならそれでいい。俺はただ働いて養育費を送り、遠くから足長おじさんのように見守る。それで十分じゃないかと、何度も自分に言い聞かせた。

なのに夢に見る。

もう一度この手で莉子と乃愛を抱きしめたくて仕方がない。

今彼女はどこにいるんだろうと空を見上げたとき、ふいに、キャッキャという子どもの声がした。

つられて横を向くと、着物姿の若い男が子どもを高く抱き上げていた。

一歳児くらいか。帽子のポンポンが揺れている。

子どもの顔は見えないが、乃愛もちょうどあの子くらいだろう。赤ん坊の頃、俺が高く抱き上げると乃愛はご機嫌だったな……。

ぼんやりそう思いながら傍らにいる女性ふたりに目を移すと――。

莉子？

ふたりいる女性のうち、ひとりは莉子だった。

思わず立ち止まり目を見張った。

彼女は長い髪を後ろでひとつにまとめ、ワンピースにコートを羽織りベビーカーを手にしている。

養育費を振り込むと、莉子はお礼のメッセージに添えて必ず乃愛の写真を貼ってくれるが、その写真に彼女自身は写っていない。

彼女を見るのは一年ぶりだ。

少し痩せたのかもしれない。以前の純粋さはそのままに、少し儚さを秘めた魅力とでもいうか……。

記憶の中よりも莉子は美しくなっていた。目を離せないほどに。

視線を感じたらしく、莉子が俺を振り返りハッとしたように目を見開いた。

目が合うと同時にゴクリと喉が鳴る。

このまま立ち去ったほうがいいのかとは思うが、俺たちは憎しみあって別れたわけじゃない。声をかけるべきか否か。

迷ううち、莉子が歩いてきた。

「お久しぶり啓介さん」

笑顔は変わっていなかった。莉子は一年前と同じように、花のような可憐な笑みを浮かべる。

「久しぶり」

「今は日本に？」

「一週間ほどな。また向こうに帰る」

「そう、大変ね――。えっと。じゃあ、お元気で」

このまま行ってしまうのか。

両手を前で合わせながら小さく頭を下げる彼女を前に、気持ちが焦った。

「忙しいのか？」

「え？」

「もし時間があるならどこかでお茶でもと思ったんだが」

言ってから我に返った。彼女には連れがいるから無理だろう。

「すまない。君には連れが」

「ちょっと待ってて」

小走りに友人のもとに走った莉子は、ふたりに何事か話し、乃愛をベビーカーに乗せて歩いてくる。

こちらを見ている友人をあらためて注目し気づいた。あの男、雰囲気は随分変わったが、莉子が乃愛の父親だと紹介したホストか。

あのときの感情が蘇り、胸がざわついてくる。

「いいのか？」

「大丈夫。こんな偶然滅多にないから」

どこかに入ろうとして、莉子が「そこの公園に行きましょう」と言った。

「ああ。そうだな」

公園と言ってもベンチがあるだけの公園だった。

とりあえずベンチに腰を下ろすと、莉子の膝の上に座っている乃愛は、俺をジッと見つめる。

「乃愛、パパよ？　わかる？」

パパだと言われただけで、うれしさに胸を打たれた。

「パパだぞ。久しぶりだな、乃愛」

乃愛と毎日暮らせたのはほんの数カ月だ。

時間のある限り遊んで本を読み聞かせたが、あの時期の記憶力などせいぜい数週間だろう。覚えているはずがない。

それでもあえて「覚えてるか？」と聞いた。

「毎日パパと遊んだんだぞ？　たかいたかいして」

「そうよ。乃愛。毎日遊んでもらったのに忘れちゃった？」

キョトンとした顔で俺と莉子の顔を交互に見比べる乃愛を見ていると、熱いものが込み上げてくる。

「啓介さん、抱っこしてあげてくれる？」

「おいで、乃愛」

泣かれたらどうしようと思ったが、乃愛は俺に向かって手を伸ばした。

「パーパ？」

「そうだよ。パパだ」

「啓介さん、ときどきこうして乃愛に会ってくれる？　日本に来たとき。暇なときでいいの」

「いいのか？」

莉子はにっこりと微笑む。

「もちろんよ。お願いしたでしょ、ずっと乃愛のパパでいてあげてねって」

それはそうだが、パパだと乃愛に言ってくれただけでも満足しなければと思ったのに。

「私たちは他人になったけど、乃愛にとって啓介さんはたったひとりの血の繋がった父親なんだもの」

〝私たちは他人〟か。

浮き足立ったばかりの俺は、たちまちのうちにバカみたいに深く傷ついた。

動きだす歯車

「バイバイ」

乃愛の手を取り啓介さんに手を振る。

彼は黒いセーターにグレーのチェスターコートを羽織り同系色のテーパードパンツというプライベートのスタイルだった。

アメリカで苦労しているのだろうか。一年前よりも少し痩せたように感じた。ちゃんと食事が取れているといいけれど……。

見つめる後ろ姿は、微かに哀愁を漂わせている。

精悍さも相まって大人の男性の魅力が増したようだ。目を合わせると吸い込まれてしまいそうになった。一年という月日の流れを忘れさせる魔法にでもかかったように胸がざわついてしかたがなかった。

私があんなに素敵な人の妻だっただなんて、ちょっと信じられないと思う。

今だって、すれ違う女性たちが振り返って囁き合っている。それくらい彼の風貌はこの都心でも目立っている。

でも彼はそんな視線に気づかないだろう。自分の見た目にはびっくりするほど無関心だから。

角を曲がる前に彼は振り返った。

「あ、パパがこっちを見てるよ。乃愛、ほら手を振りましょう」

乃愛が手を振ると彼も大きく手を振ってくれた。

啓介さん、ありがとうね。

優しい人だから、乃愛に会ってほしいと言う私のお願いに、彼は二つ返事で答えてくれた。

『今度日本に帰ってくるときは連絡するよ。そのときはお土産も買ってこような』

愛おしそうに乃愛を抱き抱える彼を見ていると切なくなった。

角を曲がった啓介さんが見えなくなる。

「マッマ」

「ん？」

危うく涙が込み上げて来そうになり、上を向いた。

「あ、飛行機雲だよ。パパはね、あんなふうに高いところを飛んできたの」

そしてまた行ってしまうんだって。

寂しいね。

啓介さんとの偶然の再会は、思いのほか私を動揺させた。

日本にいないとわかっていれば気にならないのに、いるとなると、また偶然があるんじゃないかとキョロキョロと啓介さんを捜してしまったり。

そわそわ落ち着かない気分は、彼がまたアメリカに向かったはずの一週間後になって、ようやく静まった。

首を回して時計を見る。

午後四時。そろそろ出かける時間だ。

「じゃあ、そろそろ行ってきます」

「いってらっしゃい。よろしく頼むわね」

これから製薬会社主催の講演会がある。

今日のテーマは脳血管攣縮《のうけっかんれんしゅく》（スパズム）の治療プロトコール。いつもながらタイトルをチラ見しただけで、拒絶反応を起こしそうだ。

講演を聞いたところで理解できる自信はないが、私は一応副理事長だ。わからないなりに参加するのも仕事のうちである。任せきりでＭＲとドクターの間におかしな癒着が起きないよう、日頃から関わっておくのも私の務めであるので、講演会はなるべく参加している。

その手の講演会は懇親会もあったりするが、私は講演会にだけ出席し、懇親会は母が参加と決めている。

だが、ここ数日パーティーやら会食が続き、ついに母が音をあげた。

というわけで、今夜は私が懇親会にも参加することになった。

当院からも数人のドクターが参加する。皆でタクシーに乗り合わせて向かうが、私は内科の女性医師、真知子《まちこ》先生と同乗した。

「山上副理事長が懇親会に参加とは、珍しいですね」

「少しずつ他所の皆さんとも交流を深めないといけないと思いまして」

「そうですよ。まだお若いんだから。今日は飲みましょう」

「はい。よろしくお願いします」

その意気ですよと笑う彼女は、以前元外科部長が啓介さんの浮気相手だと指摘した写真の女性だ。今では笑い話だが、溌剌とした魅力的な女性である。

年齢は三十代後半で独身。明るくつき合いやすい性格のドクターだ。

「乃愛ちゃんはもうお留守番できるんですね」

「今日は母と一緒に寝るそうです」

「いいですねー子ども。私、結婚には興味ないんですけど、ときどき、子どもだけは欲しいなって思うんですよね」

「え、そうなんですか？」

「『ひよこ園』の子どもたちを見ていると、ほんとかわいくて」

『山上ひよこ園』は、うちの病院で働くお母さんたちの託児所だが、この一年で規模を大きくした。子どもたちの食事費用は病院持ちにして、図書室や学習室を作り、小学校から高校まで学校が終わった子どもたちが自由に来られるようにした。

子どもたちの具合が悪くても、病院の先生方が診察してくれる。先生方の協力無くしては立ち行かないが、小児科の先生が忙しいと彼女のように率先して協力してくれるドクターがいてくれるおかげで成り立っている。

「先生方が協力してくれるおかげですよ。いつもありがとうございます」

「副理事長の功績ですよ。ひよこのおかげで皆本当に助かってるって喜んでいます。だからこそ私も子どもが欲しいなって思えるんだもの」

「それならよかったです」

私自身が乃愛を授かって気づいた。近くに子どもがいれば安心して仕事ができる。

もちろん子どもを預けるかどうかは本人次第だが、うれしいことに皆喜んで利用してくれているようだ。

世間話をするうち会場のホテルに到着し、講演を聴いた。

結局半分くらいしか理解できなかった講演が終わり、いよいよ懇親会だ。場所は同じ会場のホテルの一室、立食パーティーである。

正直こういった場所は得意ではない。学生の頃も飲み会にはほとんど参加しなかった。社交的な真知子先生にくっついていればなんとかなるだろうと、軽い気持ちでいたのに――。

えっ、真知子先生は？

トイレに行っている間に早くも真知子先生を見失ってしまい、それだけで早速不安に襲われた。

なにしろ私は医師ではないから知人は少ないし。さて、どうしたものか。

「山上副理事長。今日はありがとうございます」

ハッとして振り向くと、うちの担当をしているＭＲがいた。相手は挨拶も仕事のうちだ、儀礼的とはいえ知った顔に声をかけられてホッとする。

「副理事長が参加してくださるのは珍しいですね」

「私も少しずつ交際範囲を広げようかと思いまして」

「そうですか、うれしい。では是非今後とも参加してください。副理事長のような美人がいてくださると場が華やぎますし。なにしろほとんど男性ですから」

営業トークにあははと笑いながら、なるほど確かにと思う。医師の男女比をみると女性は二割程度しかいないのが現実だ。

母が理事長を引退したとき、この男社会で医師でない私が理事長を務めるのは現実的ではない。やはり後任を任せられる誠実な医師と再婚するのが一番なのよね。

などと考えながら、食事をすすめられたりしているうちに、一緒に来た真知子先生を見つけた。

声をかけようとして心臓がドクンと跳ねる。

彼女が話をしている相手は、いるはずのない啓介さんだった。

今日の講演会は脳神経外科に関係する内容なのでいてもおかしくはないが、あのとき彼は、一週間ほどでまたアメリカに帰ると言っていたし、また日本に帰ったら連絡をくれるとも言ったはず。

公園で再会したときから三週間近く経っているのに、なぜここにいるの？

どうして連絡してくれないの？

アメリカに帰らなかったのと、数々の疑問が脳裏を渦巻く。

ふいに、啓介さんと目が合って、とっさに背を向けた。

見てはいけないものを見てしまった気分だ。予想外の彼の登場に慌てふためき、高ぶる胸に手をあて、ゆっくりと息を吐く。

落ち着かないと。

「山上副理事長」

声をかけてきたのは、山上の勤務医、麻酔科医のドクターだった。

「今日は珍しいですね」

「ええ、たまにはこういう席にも顔を出そうかと思いまして」

「それはうれしいな。副理事長とこうして飲む機会ができて光栄です」

屈託のない笑顔を見せる彼は、三十代後半のイケメンである。いつも微笑んでいるような穏やかな表情であるし、優しいので女性看護師に人気だ。

ただちょっとノリが軽いので、男性とのフランクな会話に慣れない私は戸惑ってしまうのだが、今日ばかりは彼の登場がありがたい。

「乃愛ちゃんはお留守番できるようになったんですね」

「はい。さっき電話してみたら、ばあばに本を読んでもらって寝ちゃったみたいです」

少し前までは、私が一緒じゃないと泣いてぐずったのに。ホッとする反面、寂しい気もして親の心は複雑だ。

「父親の代役が必要になったら、いつでも言ってくださいよ。僕はなんだって協力しますから」

「なんだってですか？」

「たとえばそうだな。サンタクロースの変装をして、プレゼントを届けるとか」

思わず笑った。彼なら、さぞかしおちゃめで楽しいサンタになるだろう。

「先生、それいいですね、ひよこ園でやってもらえませんか？」

「え、そっち？」

「是非お願いします！　衣装は全部用意しますから」

あははと彼は明るく笑う。

「副理事長のお願いじゃ仕方ない。がんばりますよ」

会話は楽しくてすっかり話に夢中になっていると、ふいに彼が私の後ろで視線を止めた。

「あー。島津先生、お久しぶりです」

心臓を跳ね上がらせながら振り返ると、目の前に啓介さんがいた。

「こんばんは」

にっこりと笑みを浮かべた啓介さんと麻酔科医のドクターが世間話をはじめたのをいいことに、私は啓介さんの後ろにいた真知子先生に声をかけた。

「真知子先生、このケーキとても美味しいですよ」

「あら、じゃあもらってこよう」

「私もおかわりしちゃおうかな」

できるだけ自然にこの場を離れたい。離婚したのは一年前とはいえ、人前で啓介さんとどんなふうに接していいかわからないもの。

「島津先生、すごいなぁ。この国って臨床よりも論文を重視するけど、私は臨床こそが大切だっていう島津先生の考えについて賛成――」

真知子先生の友人なのか、一緒についてきた女性がしきりに熱く語っている。

「副理事長、島津先生って、これから日本で活動するんですか?」

真知子先生に耳打ちされて戸惑った。そんな話は聞いていない。

啓介さんがほかのグループと話しはじめると、真知子先生が女性を紹介してきた。

女性は医師で彼が以前いた大学病院で一緒に働いていたそうだ。

「こちら山上総合病院の副理事長」

はじめましてと挨拶をすると、ピンときたらしい。啓介さんの元妻だと言い当てられた。

「お子さんいるんですよね、いいなぁ、島津先生の優秀な遺伝子を引き継いで」

サバサバしている女性なのか、はっきりとした物言いにどう答えたらいいのか困る。

「私も、島津先生の子ども欲しい」

思わずシャンパンを噴き出しそうになった。

「コラッ、なに言いだすの」

真知子先生が注意するも彼女はなおも続ける。

「結婚はしなくていいのよ。今度頼んでみようかな」

「いい加減にしないさい」

真知子先生にペシッと叩かれてようやく「はーい」とおとなしくなった。

いたたまれず、その隙にそっとその場を離れる。

啓介さんの子どもが欲しい？

私と彼はもう他人なのだから仕方がないとはいえ、正直そんな話は聞きたくはなかった。

私だって彼の再婚を考えなかったわけじゃないし、彼の隣で彼を見守る女性がいてくれたほうがいいとさえ思った。その気持ちに嘘はないが、ただなんとなく、彼がアメリカにいると前提して考えていたのだ。

遠く離れたアメリカで結婚して、滅多に帰国しないとなればあきらめもつく。さほどつらい思いもせずに、気持ちは離れていくだろうと思っていた。

でも彼が日本にいるなら別だ。

こんなふうにときどき顔を合わせるとなると、私は……。

グラスとお皿をスタッフに渡し会場の外へ出て、フロアラウンジのソファーに腰を下ろす。

飲み過ぎてしまったようだ。頬に手をあてると熱いし少しクラクラする。やはり慣れないことはするもんじゃないと溜め息をつく。

少し休んで先に帰らせてもらおう。

「莉子」

聞き覚えのある声にギョッとして振り返ると、啓介さんがグラスを持って立っていた。

質のいい絨毯が足音を消したらしい。こんなに近くにいるのにまったく気づかなかった。

「水だよ。大丈夫か？」

差し出されたグラスを受け取る。

「ありがとう」

啓介さんは私のすぐ隣のソファーに座った。

それでなくても酔っているのに、胸の鼓動はさらに激しくなる。

少しでも落ち着くよう、受け取った水をごくごくと飲んで大きく息を吐く。

「まさか君がいるとは思わなかった。パーティーは苦手だったよな？」

私のほうこそ驚いたわ。あなたがいるなんて。

「懇親会は、初めての参加なんです」

言ってから言い訳をしていると気づく。

別に責められていないのに。

「副理事長としてがんばってるそうだな。皆が口々に褒めていたよ」

「――啓介さんこそ。とても著名な教授のもとで脳神経外科のフェローをされて、随分評価されたとか。雑誌でも取り上げられたそうですね」

さっき、真知子先生の友人が言っていた。

若き日本人の脳神経外科医、数々の難手術を成功させる云々という見出しで、医療系の雑誌に掲載されたという。

相当な実力がないと受け入れてもらえない教授に認められたうえ、帰国にあたって彼は引き止められたという。

それがどれくらい素晴らしいことなのかわからない私でも、彼女の興奮ぶりからすごさが想像できた。

彼女だけじゃない。耳を澄ますとそこかしこから啓介さんを称える声が聞こえてきた。『是非ともうちに来てほしいんですけどね』『非常勤だそうですよ』啓介さんを欲しがる声の嵐。

この一年、私は啓介さんに関する情報をシャットアウトしていた。きっと活躍しているんだろうと思いながら、避けてきたのだ。

やはり啓介さんは、山上総合病院などで人生を終えるような人じゃなかった。最初から道を間違っていた。

今ならそれがよくわかる。

「すごいなぁ、啓介さん。すっかり雲の上の人になってしまって。あ、もともとそうか」

あははと笑った。

軽く笑うつもりがなぜだか簡単に止まらない。口もとを手で隠してくつくつと笑う。

「莉子、かなり酔ってるだろう？　酒が弱いのにダメじゃないか。帰ろう、送っていくから」

子ども扱いする言い方にカチンときた。

彼には想像すらできないのだろうか。なぜ私が酔ってしまったのかという理由を。

今度帰国したら連絡くれるって言っていたのに、こんなところに突然現れたあなたがいけないんじゃないのと、やり場のない怒りがこみ上げる。

啓介さんは私と違って大人で、人々に尊敬されるような立派な人だから、人前で酔った姿なんて決して見せたりしない。なのに私は、どうせ子どもでいつまで経っても足踏み状態の半人前。

副理事長としてがんばっているなんてただのお世辞だ。

空回りする怒りは惨めさを増幅させて、居ても立ってもいられなかった。

とにかく一刻も早く彼から離れないと。みっともない自分をこれ以上見られたくない。

「大丈夫ですよ。ひとりで帰れます」

テーブルの上にグラスを置き立ち上がる。

さあ帰ろう。乃愛のもとへ。

「いや、だが」

差し出された手を避けようとして、勢いがつきすぎバランスを崩す。

「大丈夫か」

啓介さんに掴まれた腕が熱い。ヒリヒリして心も痛い。

涙が溢れそうになり、思わず彼の手を振りほどく。

「ほっといてください！」

刹那ハッとしたように目を見開く彼と目が合って、逃げ出すようにトイレへ走った。

なにやってるの？　私ったら。

こんなところで泣いちゃだめ。しっかりしなきゃ。

パウダールームの奥へいき、腰を下ろして頭を抱えた。

ああ……。どうしちゃったんだろう。酔ったとはいえ、こんな態度を取るのは間違っているとわかっているのに。

ふと、さっきの女性の言葉が脳裏に浮かんだ。

『私も、島津先生の子ども欲しい』

乗り越えなきゃ。私たちはお互いの幸せのために別れたんだもの。

幸せな彼の未来に、私はいないのよ？

帰国の連絡をくれなくたって仕方がない。もう他人なんだから文句を言える立場じゃない。すべてわかっているのに。

涙をこらえて深呼吸をして、スマホを取り出した。

画面の背景になっている乃愛を見つめる。

情けないな。

ごめんね、乃愛のパパなのにね。

彼の成功をちゃんと祝福してあげなくちゃいけなかった。あんなふうにバカみたいに笑ったりしないで。

子ども扱いされて当然だ。怒るなんて筋違いも甚だしい。

――ふと、お見合いをしようかなと思った。

再婚すれば、今度こそしっかりと彼を卒業できるだろう。

優しくて乃愛を愛してくれる人なら、それだけで十分だ。

しばらくそのまま乃愛の写真を見つめ気持ちを落ち着けて、涙を拭き、鏡に向かって笑顔を作る。

さあ、駄々っ子のような態度を啓介さんに謝らないと。

呼吸を整えてフロアラウンジへと続く出口へ向かう。

もしかしたら啓介さんが外で待っているかもしれないと思ったが、ラウンジに彼の姿はなかった。

せめて、ちゃんと謝りたかったな……。

残念で申し訳ない気持ちを引きずり歩きはじめると「莉子」と後ろから声をかけられた。

振り返ると、足早に階段を上ってくる啓介さんが見えた。

「啓介さん……」

「大丈夫か？」

心配そうに眉尻を下げる彼に、しっかりと頭を下げた。

「ごめんなさい。さっきは失礼な態度をとって」

そして精一杯の笑顔を向けた。

「いや……」

「ダメですね、酔ってしまいました。でももう落ち着きましたので帰ります」

「そうか。今、タクシーをキープしたんだが」

「あ、ありがとうございます。じゃあせっかくなので」

私も啓介さんも無言のまま歩き、彼はロータリーまでついてきてくれた。

タクシーに乗る前にあらためて礼を告げる。

「ありがとうございました。そして――。ご活躍、本当におめでとうございます」

啓介さんは少し困ったように表情を歪め「ありがとう」と答える。

よかった。さっきの失敗も少しは取り返せたかな。

そう思いながらタクシーに乗ろうとすると、腕を掴まれた。

ハッとして振り向くと、真剣な表情の啓介さんと目が合った。

「莉子、俺は今でも君を――」

えっ？

「わ、私、見合いをするんです。だからもう心配しないで」

驚いたように目を見開く彼の手を振り切り、タクシーに乗った。

「莉子、待って」

運転手に行き先を告げ、急ぐように伝える。

ドアミラーに映る彼が小さくなり、涙で滲んで見えなくなる。

〝君を〟その先はなにを言おうとしたの？

まさか彼が今でも私を愛しているなんて、そんなのありえない。

わかっているのに……。

それから一週間後。

懇親会での失態の後悔も随分薄くなった三時過ぎ、理事長室を出て大きく伸びをした。

自販機の前に立ち、どれどれ、たまには炭酸の利いたジュースにしようかな、と手を伸ばす。

「山上副理事長、お見合いするんですって？」

ギョッとして、自販機のボタンを押す手が止まる。振り返ると真知子先生がいた。

そう、今週末私はお見合いする。

啓介さんから逃げるために咄嗟についた嘘だったけれど、まるで神様が聞いていたかのように縁談が舞い込んだのだ。

誰にも言っていないのに、なぜ知っているのかはなはだ疑問だが、隠しても仕方がない。

「よくご存じですね」

気を取り直してボタンを押した。

ガラガラと音を立てて落ちたペットボトルを取る。よく冷えたレモン風味の炭酸水だ。

「まあでも、試しにお会いしてみるだけですよ」

苦笑混じりに答えると、真知子先生はクスッと笑う。

「相手が私の知り合いなんですよ。会うだけなんて彼、ガッカリだろうな」

なるほど、そういう理由で知っているなら納得だ。

「そうでしたか。大丈夫、真面目な気持ちでお会いします」

心の動揺を笑顔に隠した。

お相手は三十代後半のバツイチの内科医。前の奥様はご病気で五年前に他界したという。身上書によれば身長は一七〇センチくらい。写真の彼は中肉中背で穏やかな表情の人だ。

真知子先生は「研修医の頃お世話になった先輩でね。とても優しい方なんです。物腰も穏やかだし」と言う。

見た目通りの方のようでホッとする。真知子先生はあまりお世辞を言うような人じゃない。人柄の良さは保証されたようなものか。

「奥さんが亡くなって五年。ようやく見合いをする気になったんだなぁ」

彼女の言い方からして、仲の良いご夫婦だったんだろう。

もし、亡くなった奥さまを変わらずに愛しているのだとしても、それでいいと思う。お互いに心の傷を癒せたら、それで十分。むしろそんなパートナーの形が私には向いている。

今更恋をする気はないのだから、落ち着いた気持ちで家庭を築いていくには、そういう人のほうがいいのだ。

乃愛を受け入れてくれるというお話だし。それがなによりだもの。

＊　＊　＊

まさかあんな告白を莉子の口から聞かされるとは……。

『私ね。お見合いするの』

ハンマーで殴られたような衝撃を受けた。

頭も心もヒビだらけ。今も思い出してはズキズキと痛み、やるせなさが募る。

グラスからぽたりと垂れた水滴が赤いコースターに染みを作り、俺の傷口から落ちて広がる赤い血のように思えた。

「はぁ」

思わずついた深い溜め息に「どうしたんですか」と、仁が反応する。

「いや、ちょっとな。莉子が再婚を考えて――」

ダメだ。そこまで言っただけで、喉が締めつけられる。

「あらら、それはご愁傷様です」

「お前な」

睨むと肩をすくめた仁はおどけてみせる。

「幸せになってほしいって言ってたじゃないですか。覚悟の上で離婚したんでしょうに」

その通り。ぐうの音も出ない。

「俺は止めましたよ」

仁は離婚する必要はないと言っていた。

なぜなら、俺がどれほど莉子を愛しているかわかっているからだ。

「まあでも、あの時点では小鶴の目をそらすために離婚以外なかったですからね」

ああそうさ。少なくとも莉子を巻き込まずに済んだ。

結果的には母は離婚を選び我が家はバラバラになってしまったが、なんとかすべて決着がついた。母は京都で元気を取り戻しているようだ。意地を捨てて心が軽くなったと笑っていたし、これでよかったと思っている。

小鶴も北海道で幸せに暮らしているらしい。小鶴の夫から三人が写る家族写真と段ボールいっぱいの野菜が送られてきた。写真の中で笑う小鶴は今まで見たこともないほど穏やかな表情をしていた。もう心配はない。

「そうさ。この一年は、必要な時間だったんだ」

仁に向けて言いながら、自分にそう言い聞かせた。

今思えば、俺は最初から別れを意識していた。

小鶴という爆弾を抱えている限りいつかこんな日がくると、どこかであきらめていた。その日がくるまで、せめて、莉子の力になれればいい。それだけで十分だと思っていたんだ。

「で？　また向こうに行くんですか？」

「いや、ずっと日本にいる」

一旦はアメリカに戻ったが、それは日本に帰る準備のためだ。

あの日偶然莉子に会い、乃愛を抱いたときに心が決まった。俺の居場所はここ、愛するふたりがいる東京だ。

たが、タイミングが悪かったな。

まずはアメリカ行きで世話になった大学病院を訪ね、莉子にはあらためてちゃんと帰国を報告に行こうとしたのに、あんな形で会ってしまうとは……。

「旨い鯛があるんですよ。茶漬け食べます？」

「お、いいな。頼む」

仁が指示するまでもなくカウンターの中でシェフがにっこりと頷く。

そういえば、莉子がときどき夜食にいろいろな茶漬けを出してくれたのを思い出した。

いつだったか新鮮な牡蠣があるからと作ってくれた。ワサビと三つ葉と海苔と、あれはうまかった。

薄く切ったカラスミをつまみ、大吟醸を舐めるように飲む。

「どうです？　たまには日本酒もいいでしょ」

「ああ。やっぱり日本人だな。ホッとするよ」

「向こうで女は？　ブルネットの美人好きでしたよね」

「んー、そんな暇はなかったな」

ブルネットの美人か。

莉子と出会うずっと前は、何人か付き合った女がいたが、今はほとんど覚えていない。

暇がなかったわけじゃないが、ぽっかりと空いた心の空洞を抱えるだけで精一杯だった。そもそも彼女以外の女には、全然興味がないし。

「再婚が決まったら喜んであげないと」

「嫌だね」

あははと仁が笑う。

「威張ってどうするんですか」

俺だってわかってるさ。

「離れていれば辛抱できたんだがなー」

ずっと海の向こうにいれば、あるいは受け入れられたかもしれないが。

手を伸ばせばそこにいる莉子がほかの男に抱かれるとか、乃愛がほかの男をパパと呼ぶなんて未来は、俺には絶望しかない。

「時間が解決してくれますよ」

「無理だ」

即答ですかと、仁がまた笑う。

「一生に一度くらいいいじゃないですか？　失恋も」

失恋？

「莉子さんが再婚すればあきらめもつきますって」

そうか。これが失恋の痛みなのかと妙に納得する。

「なぁ仁、言っとくが俺は彼女をあきらめないぞ。莉子の再婚相手は俺だ」

「え？　マジですか」

ゲラゲラと声をあげて仁が笑う。

俺はもう迷わない。失恋も結婚も、相手は莉子だけだ。

それから数日後、俺は山上総合病院の理事長室に向かっていた。

さて、これからどんなふうに莉子にアプローチをしようかと思っていた矢先、山上総合病院の理事長、すなわち莉子の母から連絡があった。

脳神経外科医の新海《しんかい》が事故で腕を怪我してしまい、代わりに執刀を頼まれたのだ。

新海は俺が山上に残した優秀な医師である。もちろん二つ返事で引き受けた。

ところがオペだけの予定のはずが、事情が変わった。

しばらく患者の経過観察を兼ねて顔を出すつもりではいたが『可能であれば、もう少しだけお手伝いしてもらえないかしら』と、理事長に頼まれたのである。

新海はあとひと月近くメスを握れないだろう。彼は多くのオペの執刀医であったから人手が足りないのは当然だ。断る理由はなにもない。『もちろん、お手伝いします』と、快く引き受けた。

非常勤とはいえ大学病院を優先しなければならないが、可能な限りは山上に来ようと思っている。

昨日オペも無事終わり、莉子も喜んでくれた。

懇親会での別れ方が気になっていたらしく、しきりに謝っていたが、気にするなとだけ答えた。

見合いについて聞きたいのは山々だが焦りは禁物である。

再び山上の医師としてしっかり患者とは向き合いながら、この期間になんとか彼女との距離を縮めていこう。

院長室は例によって扉を開け放っていた。

「失礼します」

「あ、島津先生。こちらにどうぞおかけになってください」

院長が相好を崩して勧める先には、昨日はなかったはずのデスクがある。

院長室は理事長室ほどではないがそれなりに広い。昨日までは中心にゆったりと応接セットが置いてあったが、その応接セットが入り口近くに寄せてあり、院長のデスクは壁際に移動し、向かって窓を背にもうひとつデスクがあった。

「もしかして、用意してくださったんですか」

「ええ、島津先生がこちらにいらっしゃるときの居場所が必要ですからね。事務室で空いていたデスクを若い人たちに運んでもらいました」

言いながら院長は扉を閉めた。

「すみません。ありがとうございます」

この部屋ならば気を遣わずにいられそうだ。

「しかし、本当に助かりました。清志《きよし》君のご両親がうれしくて泣きっぱなしでね、もらい泣きしてしまいましたよ」

患者はまだ十歳の少年だった。

「ちょうど向こうで似た症例を経験したのが功を奏しました。とにかく成功してよかったです」

「渡米前は、小児の脳腫瘍は経験ないとおっしゃっていましたよね？」

「ええ。成人と違って子どもの脳腫瘍は多彩ですからね。診断も難しいですし」

だが、渡米して小児脳腫瘍の患者を見て気持ちが変わった。

「頼った教授が小児脳腫瘍にも力を入れていたのもありますが。――自分も親になって考えが変わりました」

つらそうな子どもや涙に濡れる母親を見ると、乃愛や莉子が脳裏をよぎり、なんとかしてあげたい衝動に駆られた。

今思えば俺はふたりの影を追い求めメスを握っていたのかもしれない。

「ああ、そうそう。子どもと言えば莉子さんがひよこ園に力を入れてくれたおかげで、女性たちの離職率が随分下がったんですよ」

ひよこ園がどう変わったか、説明を聞きながら感心した。

彼女は最初に図書館を併設したのだ。学習室を設け山上で勤務する職員の子どものうち、未成年なら利用していいと門戸を広げ、一角に子ども食堂も作った。

「中学生や高校生も来て学習室で勉強できますし、食事もできるというのは本当にありがたいと、皆喜んでくれています」

俺はそこまで目が届かなかった。

「患者さんのご家族の農家の方々が野菜を分けてくれたり、フードドライブを利用したり、上手に運営されています」

「それはよかった」

山上の母娘ががんばっているという噂は莉子と会った懇親会で耳にしていた。特に現場を支える看護師の信頼が厚いと聞いていたが、ひよこ園の存在も大きいのだろう。

「医師の資格を持っていないからと、随分気にしていたようですが、最近は乗り越えたようで生き生きと働いていらっしゃいます」

「ええ、溌剌と働いているように見えました。——なにやら再婚を考えているような話を聞きましたが」

ついでのように聞いてみた。どうしても気になる。相手の男についても。

「ああ」

院長が少し気まずそうな笑みを浮かべる。

「お相手は奥さんをご病気で亡くされた三十代後半の内科医で」

となると俺よりも年上か。

名前を聞いてもわからなかった。都内の大学病院に勤める穏やかな男だというが、まったく記憶にない。医師全員と顔見知りなわけではないから仕方ないが、残念だ。

「お会いするのは次の土曜ですね。ホテル『コルヌイエ』のレストランでランチをと、聞きましたよ」

なるほど。コルヌイエなら俺も利用する。感じのいいホテルだ。

「そうですか」と答えたところで扉がノックされた。

「どうぞ」

以前と変わらぬ院長の女性秘書がにっこりと微笑みコーヒーを出してくれた。

お久しぶりですと、軽く挨拶を交わす。

人も室内も変わらない院長室にいると、日本を離れた一年という月日が一気に縮んだように感じる。

あくまでも、表向きはだが。

夕方、帰る挨拶のため理事長室の前に立った。

「失礼します」

ノックして扉を開けると莉子がひとりでいた。

デスクには書類が積んであり、ハッとしたように顔を上げた。

「ああ、啓介さん」

彼女はにっこりと花が綻ぶような笑顔を向けて立ち上がる。

「お先に」

「お疲れ様でした」

「理事長は？」

「今日は乃愛を連れて先に帰りました」

君は？と聞こうとすると、莉子が困ったように顔を歪める。

「公認会計士に渡す書類がちょっと」

迷わず近寄り「手伝うよ」と声をかけた。

「でも」

「どうせ暇なんだ。どれ？」

戸惑いながらも莉子は書類を指さす。

「ここなんだけど、計算が合わなくて」

よく見れば些細なミスだった。

「ほら、ここが違ってるだろう？　それが原因だな」

「あ、本当だ。ありがとう！　こんな単純なミスだなんて」

「ずっと見ていると気づかないものだからな」

そのまま出来上がるまで付き合った。というより、離れられなかったというべきか。

「助かったわ、啓介さん夕食は？」

「いや、まだだ」

時間は夜の七時。ちょうど夕食どきだ。

「お礼にご馳走するわ」

「じゃあ、お言葉に甘えて」

この機会を逃さないと密かに決意する。

弱みにつけ込む卑怯なまねかもしれないが、俺はやはり指を咥えて見てはいられそうにない。

＊＊＊

「ママー」

「はいはい、どうしたの？」

乃愛は一年前、啓介さんにもらったゴマフアザラシの赤ちゃんのぬいぐるみが大のお気に入りだ。今もぬいぐるみを抱えてなにかを訴えようと私を見上げている。

「おちゃちゃちゃな、いく？」

「ん？　お魚？」

うんうんと乃愛は何度も頷く。

「パパ。おちゃちゃな」

昨日、ひよこ園に乃愛を迎えに行くと、廊下のガラス越しに啓介さんの姿が見えた。

啓介さんは乃愛を抱いていて、ふたりは水族館の話をしながら楽しそうに笑い合っていた。

ふたりの姿を見てうれしさが込み上げたけれど、同時に切なくなった。

あそこに私が加わっても、輪にはならない。私たちは乃愛を中心にした、線のような関係。それが無性に悲しかった。

まだしばらくは山上総合病院に啓介さんが通う。

心を強く保たなきゃ。

離婚して一年も経ったのに、彼を見かける度に動揺していたのでは話にならない。

精神的にもっと大人にならなければ。

そのためにも――。

瞼を閉じて、どうか今日のお見合いが結婚に繋がるようにと祈る。過去に捕らわれない自分になるために、新しい一歩を踏み出そう。

ドレッサーを振り返り、鏡の中の自分をチェックする。

ヘアアイロンでつけた毛先のカールが揺れている。久しぶりに女性を意識して化粧をした。お相手に振られないようにがんばらないとね、と自分を励ます。

「ママー」

痺れを切らしたように、乃愛はぬいぐるみを私に見せるように掲げて、地団駄を踏む。

「はいはい」

「おちゃかなー、パッパー」

乃愛を抱き上げて「うん。今度行こうね」となだめた。

パパか。

乃愛にとっては啓介さんがパパなのは変わらない。再婚した場合、お父さんと教えればいいのかな……。

先日作業を手伝ってもらった後、啓介さんと食事に行ったとき、氷の月に行こうという話になった。

氷の月は九時にならないと開店しないというので、待つ間に居酒屋で軽く喉を潤した。

居酒屋という選択は意外な気がしたけれど、やはり彼は気の置けない気さくな空間が好きなのだ。以前も私が作ったお好み焼きをうれしそうに食べていたくらいだもの。

居酒屋で頼んだのは揚げ出し豆腐に枝豆、焼き鳥という組み合わせ。

私も飲んだ。啓介さんが一緒だと思うと酔っても不安はなかったから。

『スーツを着ていると副理事長に見えるな。馬子にも衣装だ』

『ひどーい』

楽しくて笑いが止まらないほど笑って。

お互い再婚しても、こんなふうになんでも言い合える大切な友人として、いい関係を築けたらなと思った。

でも――。

『莉子、俺以外の男と再婚なんて許さないぞ』

まさか、あんなふうに言うなんて。

お酒を飲んだ上での発言だから、あの場限りの冗談だと思うけれど、彼にとっては私も乃愛と同じで手のかかる子どもなのかもしれない。

「パパ」

「はいはい」

どういうわけだか乃愛がしきりに「パパー」と訴える。

「うんうん。わかった。あさってね。ひよこ園でパパに会おうね」

今日は土曜日。月曜には啓介さんが来てくれるから、ひよこ園に顔を出してもらおう。

でも、どこまで甘えていいのかな。このまま乃愛が啓介さんに懐いてしまうと、啓介さんが山上を離れたときに乃愛が寂しがるだろうし。

一カ月から長くて二カ月で、またお別れしなきゃいけない。少しずつ、距離を取るよう啓介さんにお願いしようかな……。

はぁ。

溜め息をついて時計を見れば、もう出かける時間を五分過ぎていた。

そのまま乃愛を抱いてリビングに行く。

「パパ、おちゃかな」

まだ言ってるし。

「もう、今日に限ってパパと水族館に行くってきかなくて」

「乃愛ちゃん、パパが大好きだもんねー」

母はあっけらかんと言う。

「まあいいじゃないの。それを乗り越えないと再婚は無理なんだし」

確かに、それはそうなんだけれど。

「いってらっしゃーい」

今日は初めての顔合わせなので乃愛は母とお留守番だ。

「バイバイ」

母に抱かれて手を振る乃愛に手を振り返し、タクシーに乗る。

向かう先はホテルコルヌイエだ。

お互いに結婚歴のあるいい大人だから、啓介さんのときのような堅苦しいお見合いじゃない。服装も普段とあまり変わらないワンピースだし、お相手の方とふたりだけでお食事をするという気楽なものだ。

以前の私なら、初めて会う男の人と会話ができるかしらと緊張したはずだが、副理事長になり、多くの人とビジネスライクな会話をしてきた今はそんな不安もない。

それよりも気持ちを前向きに持っていかなければ、心の中の啓介さんをなんとか追い出して明るい未来のために進むのよ、と自分に言い聞かせた。

気合いを入れてタクシーを降りる。

待ち合わせはホテルの一階ロビー。入口から一番近くのソファーか、その周辺だ。

お互い顔は写真でしか知らないけれど、私と同じ年頃のひとりでいる女性はほかに見あたらないから大丈夫だろう。

ソファーに座ろうとして「あの」と声をかけられた。

振り返ると写真で見た通りの男性がにっこりと微笑む。

「山上莉子さんですよね」

「はい。今日はよろしくお願いします」

お互いの簡単な紹介を済ませてレストランへ向かう。

エレベーターに乗って高層階に行き、レストランのウエイターに予約を告げるとすぐに案内された。

と、そのとき「おふたりですか」と、別のウエイターの声に何気なく振り向いた。

えっ！　うそ、なんで。

客はなんと、啓介さんだった。

しかも彼は乃愛を抱いていて、私と目が合うとにっこりと微笑む。

「ママー」

乃愛がにこにこと私に向かって手を振る。

ああ、もう。最悪だ。

無視もできず、お見合い相手に先に行ってほしいと告げて、啓介さんを振り返った。

なにか言いたいが言葉が出ない。

「ここに泊まっているんだ。さっき君に会いに行ったんだが、出かけているって聞いて、お義母さんから乃愛を預かったんだ」

乃愛は満足そうにニコニコしている。

「おちゃかな」

嘘でしょ。

啓介さんは一時的にホテル暮らしをしていると聞いていた。だが、コルヌイエではなく別のホテルだったはず。

「昨日ホテルを変えたんだ」

そんな……。よりによってなぜよ。

「お昼を食べたら水族館に行くんだよな、乃愛」

啓介さんは乃愛が好きなたかいたかいをして、乃愛を喜ばせる。

「啓介さん」

呆れて彼を睨む。

「じゃあ行こうか。君も待たせたら悪いだろ。誰だか知らないが」

意味ありげに睨む彼に、私はもう溜め息しか出ない。

「ママ、バイバイ」

乃愛はにこにこしながら私にバイバイをして啓介さんの胸に貼りついた。

絶句しつつも、ここで揉めても仕方がない。

「それじゃ、乃愛をお願いします」

ぺこりと頭を下げて、足早にお見合い相手の待つ席に向かった。

「すみませんでした。偶然――」

なんと言っていいか言葉が出ない。

乃愛は私を『ママ』と呼び、よく似た顔の男性に抱かれているのだ。ふたりは親子だと簡単に想像できただろう。

「いえ、お気になさらず」

穏やかな微笑みを崩さない彼の様子に、ひとまず安堵する。

表情だけでなく声の調子ももの柔らかで、私の心のざわつきも少し落ち着いた。彼は相当な人格者だ。今のこの状況で怒って帰らないだけでも尊敬に値する。

振り返ると啓介さんは五メートルほど離れた窓際の席に座り、乃愛に景色を見せていた。

気にしない気にしないと言い聞かせ、メニューを手に取った。

さて、料理はなにをと考えていると。

「彼は脳神経外科医の島津先生ですよね。あなたの、元夫の」

ギョッとして顔を上げると、彼はにっこりと口角をあげる。

「はい、そうなんですが、すみません。たまたまここに宿泊していたようで。でも、もう他人ですから」

動揺しつつ、それだけ言うのが精一杯だ。

「彼のほうはあなたに未練があるようだ」

「え?」

ハッとして振り向くと、外を見ている乃愛を抱えたまま、啓介さんが私たちをジッと見ていた……。

「ママ、おいちい?」

「うん。とっても美味しい」

結局お見合いは中止になった。お相手の大人な対応によって。

彼はふいにスマートフォンを手にして『すみません。病院からの呼び出しで』と退席したのである。

おそらくそれは嘘。『今日は本当に申し訳ありませんでした』と私が謝ると、彼は『私もまだ妻を忘れられていませんから』と答えた。

『生きているうちはいくらでもやり直せますよ』

彼は穏やかに微笑んで席を立った。

大人だった。間違いなく目の前のこの人よりも――。

「ん？」と、啓介さんが首を傾げる。

「啓介さんって案外子どもだったんですね」

「そうでもないだろ？　なぁ乃愛」

「パパ、おしゃかな」

まだ言ってるし。

「じゃあ、ママも誘って水族館に行くか。ママがいいって言ったらな」

私を見て乃愛をそそのかす彼に思わず笑った。

「もう、ずるいんだから」

仕方ない。とりあえず今日は一日家族をしよう。

「乃愛、よかったね、今日は朝からパパとお魚って言い続けていたの」

「ん？　そうなのか」

乃愛はわかっているのかいないのか、啓介さんが食べさせたリゾットを頬張って、「おいちー」と、キャッキャと喜んでいる。

目の前で繰り広げられる幸せで切ない時間。

食後のコーヒーを飲みながら複雑な思いで乃愛を見つめていると、啓介さんが「莉子」と声をかけてきた。

「今日はゆっくり俺たちの今後について話し合おう」

私たちの今後？

「うん。そうね」

私もこのままじゃ、どうしていいかわからないもの。

食事を終えると、私たちはその足で水族館に向かった。

タクシーを降りた後、乃愛は当然のように啓介さんにしがみつき、抱っこしてもらっている。

「パパ、ペンギィ」

「ああペンギンか、見ような」

「乃愛ペンギン好きだった？」

家では一度も言ってなかったと思う。

「パパとお絵描きしたんだもんな」

「えー、ずるいママには見せてくれないの？」

笑いながら歩く私たちは、まわりから見れば幸せな家族なんだろう。

見せかけじゃなく、この瞬間は幸せが溢れてる。乃愛の笑顔、啓介さんの微笑み。

私はこのふたつだけあれば幸せでいられるから。でも――。

期待はしない。

離婚なんて未来は想像できないくらい幸せだったのに、結局離婚したんだもの。私と啓介さんは乃愛が繋いでくれているだけ。

真知子先生が、啓介さんを狙う女医仲間が多いと言っていた。

『副理事長、しっかり捕まえないと誰かに持っていかれちゃいますよ』

でも、私には嫉妬をする権利もない。

「ママ、ママ」

「ん？　なに？」

不安そうに私を見つめる乃愛にハッとして、危うく顔が引き攣りそうになる。

「あはは、ごめんごめん。考え事してた」

乃愛はときどき鋭くて困る。よりによってこんなときに鋭さをみせなくてもいいのに。

「莉子、今日は一緒にコルヌイエに泊まって、夕食はルームサービスにしないか？スイートルームだから寝室はふたつあるし、ホテルに伝えれば問題ない」

「で、でも、それは……」

「頼む。どうしてもそうしてほしい。着替えは買えばいいだろう？」

啓介さんはずるい。乃愛の前で揉めたくないから「うん」としか言えないってわかっていて言ってる。

「夜景も綺麗だし、乃愛楽しみだな」

今日は一緒にねんねしようと言われ、乃愛は大喜びだ。

乃愛が喜べば喜ぶほど私は悲しくてつらくなる。

水族館の中は暗いのが救いだった。悲しみを隠し無理に笑顔を作らなくて済む。

今夜泊まって、それで明日の朝別れたら、乃愛は泣くに決まっている。私だって……。

指先からこぼれ落ちる幸せなら、最初からないほうがまし。

思い出を糧になんて言えるようになるには、枕を濡らす夜を重ね、声を殺して嗚咽を漏らす日々を乗り越えなきゃいけない。

一年経って、やっと気持ちが落ち着いてきたのに。

そんな複雑に揺れる親の気持ちも知らず――。

頭の上にある水槽で、空を飛ぶように泳いでいくペンギンを乃愛は興奮しながら見ていた。


そして私たちはコルヌイエに戻った。

チェックインを済ませて着替えを買いに行く途中、泊まる旨を母に伝えると、母は電話口で、あははと笑った。

『莉子、やせ我慢をしないで、全部正直にぶつけなさい。素直な気持ちをね。後悔しないように』

素直な気持ち、か。

母は『啓介さんには遠慮しなくていいのよ』と言うけれど、私の正直な気持ちをぶつけたりしたら、彼を困らせるだけだ。

アメリカでさらに成長した彼は様々な病院から引っ張りだこだと、私は知っている。

せっかく自由になったのに。

彼には輝かしい未来を歩んでほしいのに。

「買い物、あとは大丈夫か？」

「うん。一泊だけだから」

とは言っても何着も乃愛に服を買ってくれたから、啓介さんの両手は大きな紙袋で塞がっている。

だから乃愛は私の腕の中。

ちょこちょこと啓介さんを見上げてご満悦だ。

買ってもらったペンギンのぬいぐるみを落とさないように悩む姿がかわいくてしかたがない。

「よかったね、パパにたくさん買ってもらって」

「タッ、タッ」

手を伸ばすこれは、乃愛のマイブームのハイタッチだ。

啓介さんもいつの間にか知っているようで、大きな手をもみじのような乃愛の手に合わせる。

しみじみと啓介さんが「ちっちゃい手だな」と微笑む。

「ほんと、啓介さんの手の半分もないね」

その小さな手が、啓介さんの手をしっかりと握る。

荷物を肘にかけたまま、その体勢はつらいだろうに、幸せそうに微笑む彼を見ているると、なんだか泣きたくなった。

「かわいいわねぇ」

通りすがりの老夫婦に褒められて、照れた乃愛は慌てて私の胸にしがみつく。

「お幸せそうでなによりね」

「ありがとうございます」

今の私は、溢れる幸せに溺れそうだ。

もう一度だけ勇気を出そうか。そして、溺れてみようか。

啓介さんを困らせるとしても、この幸せを私に教えた彼が悪いのだ。

閉じた心の蓋を開けて、わがままな自分を取り戻そう。

幸せを掴むために。

未来を掴むために

コルヌイエに来て、スイートルームに決めたときから俺は、莉子と乃愛を連れてくると決めていた。

自分以外の男との再婚だなんて考えられない。ならば、強引にでも莉子を連れ戻そうと考えて、いてもたってもいられずにホテルを取り直して偶然を装ったのだ。

莉子は知らないが、昨日彼女の母、理事長には気持ちを打ち明けてある。

『わがままを言って本当に申し訳ありません。どうしても彼女とやり直したいんです』

言うだけ言って頭を深く下げた。

もちろん快諾してもらえるとは思っていない。自分勝手だという自覚は十分にある。

それでも許しを得るまで、たとえ何年かかっても頭を下げ続けるしかない。

『啓介さん頭を上げてちょうだい』

確認したいと言われ、小鶴がどうしているかと聞かれて、正直に答えた。

事件の経緯を含め現在の島津家の内情。最後につい最近受け取った小鶴の夫からの手紙と写真も見せた。

莉子の母は何度か頷き、最後には『啓介さんを信じるわ』と言ってくれた。

『あなたは完璧なようで生き方が不器用なのね。逆に莉子はああ見えてもしっかりしてるから、ちょうどいいと思うわよ』

乃愛も連れて行ったらいいというのも、莉子の母の提案である。莉子さえ受け入れるなら応援すると言って、お見合いの場所、レストランの予約時間まで教えてくれたのだ。

生き方が不器用か……。

気をつけたいとは思うが、なにをどうするか俺にはよくわからない。

兄も同じことを言われると言っていたから、これはもう父から受け継いだ遺伝子的なものなんだろう。

器用に生きられなくても、なにをすべきかはわかっているつもりだ。

もう二度と、大切なものを離さない。

水族館を出てコルヌイエに寄り、フロントで今夜は莉子と乃愛も泊まると報告し、ひと休みにラウンジに入った。

乃愛ははしゃぎすぎたようでタクシーの中で寝てしまい、今は俺の腕の中でスヤスヤと寝ている。

愛する娘の温もりを感じつつ、目の前に座っている莉子を見れば、彼女はなにを思うのか窓の外を見つめていた。

「莉子は、なににする？」

ハッとしたようにメニューを手に取った彼女は「じゃあ」とにっこり微笑んだ。

「ラ・フランスのパフェとルイボスティーで」

「わかった」

俺のコーヒーとともに、ウエイターに注文する。

「疲れただろう？」

「ううん。啓介さんこそ、小さいくせに寝てると重たいでしょ。乃愛ったら安心しきった顔で寝てる」

くすくすと莉子が笑う。

「重たさも含めてうれしいよ」

無防備な寝顔もかわいくて仕方がない。親バカ全開だ。

「乃愛が起きたら着替えを買いに行こう」

「うん」

「莉子にもなにかプレゼントしたい」

準備もしてあるが、莉子自身になにか選んでもらいたい。今日という日の記念に。

「ええ？　私は別にいいわよ」

苦笑いを浮かべる彼女に真顔で言った。

「本気だ。君にプレゼントをできる男はまだ俺だけのはずだぞ」

目を丸くして、ポッと頬を染めた彼女は「もうー」と怒る。

「そんなに子どもっぽい人だと思わなかったわ」

「まあな。俺はもう我慢をしないと決めたんだ。覚悟したほうがいい」

空いた口が塞がらないといった様子の莉子が呆然としているところでドリンクとパフェがきた。

言った通り、俺はもう、莉子に対して遠慮も我慢もしないと決めた。

不器用なりに自分の幸せを掴み取る。

自分勝手なのは十分わかっている。いい加減にしてくれと愛想をつかれる可能性は十分あるが、気にする余裕はない。

ほかの男に攫われるのを唯々諾々と受け入れるわけにはいかないからな。

買い物を終えてホテルに戻ったときはすでに暗くなっていた。

スイートルームに入って荷物を置き、まずは乃愛と一緒にシャワーでも浴びてからゆっくりしようと思うと、乃愛が俺の脚をポンポンと叩く。

「パッパ」

いつの間にかひとりで歩けるようになっていた乃愛は、オムツで大きくなったおしりをふりながら、よちよち歩く。

乃愛についていく先には莉子がいて、彼女は楽しそうに笑っている。

「マッマ」

「はーい。どうしたの」

「タッ、タッ」

乃愛は莉子とハイタッチをすると、満面の笑みで俺を振り返った。

「パパともしてくれるのか？」

しゃがみ込んでハイタッチをすると、今度はまた莉子とタッチする。

「パッパ」

今度は抱っこをせがまれた。

「乃愛、見てごらん」

窓際に立ち、乃愛に夜景を見せた。

「綺麗ねー、キラキラよ」

俺にしがみつき隣にきた莉子の服をギュッと掴みながら、首を伸ばして外を見る乃愛のかわいさに、胸がいっぱいになる。

「ごめんな莉子。守るなんて言っておきながら、結局また君を傷つけてしまった」

「啓介さん、その話はもう……」

「いや、わからなくても乃愛にも聞いていてほしいんだ。ごめんな、乃愛」

乃愛は不思議そうに俺を見上げる。

「この一年、大変なときに俺はそばにいることができなかった。すまない」

莉子の母が教えてくれた。

莉子は最低限しかサトさんにも頼らず、乃愛の面倒を見てきたという。

乃愛をあやして歩きながら、本を片手に経営の勉強をしていたそうだ。あるときは、乃愛を背負ったまま机に突っ伏して寝てしまったり、泣いている乃愛を抱いて一緒に泣いて。

そのときどきの写真を、莉子の母が見せてくれた。莉子ががんばってきた証を、いつか乃愛に見せようと隠し撮りをしていたそうだ。

『莉子は知らないの。だからは内緒よ。でも啓介さんには知っておいてほしいから』

見せてもらった写真に写る莉子は、化粧もしていなくて、髪は無造作に縛っただけで、服だって飾り気のない部屋着で。

見ながら俺は胸がいっぱいになり、唇を噛んで必死に涙に耐えた。

俺には泣く資格なんてない。

「一年前、必ずまた迎えに来ると誓いながら、離婚届を書いたんだ。心の中では、すべて解決するまで待ってほしいと願い、アメリカに発った。――君の負担になるかと思って言えなかったが、一日たりとも君を思い出さなかった日はない」

みるみる表情を歪めた莉子は、空いているほうの手で口もとを覆う。

「もう一度だけ、俺にチャンスをくれないか？」

君がもう一度心を開いてくれるまで、何度でも、何度でも訴える。

「なんの保証もなく無責任に〝守る〟なんて言ってすまなかった。君がつらいときにそばにいてあげられなくて、本当にごめん」

うつむいたまま莉子が左右に首を振る。

「向こうにいても、俺は君のことばかりを考えていた」

出張で兄や父がニューヨークに来る度に相談した。八方手を尽くし小鶴を捜して、脳神経外科医として技術を磨いた。

すべては莉子と乃愛のもとに帰るために。

「身勝手なのは重々承知の上だ。莉子、頼む」

心から、祈るような気持ちで訴えた。

「俺と再婚してくれないか？」

空いた左手を伸ばし、すすり泣く莉子の涙を拭った。

笑ってくれよ、莉子。〝そうね〟って、ひと言でいいから。

君の笑った顔が見たいんだ。

願いが通じたのか、莉子は顔を上げて涙を流しながら笑顔を見せた。

「ずるいよ、啓介さん。乃愛の前では、泣かないって決めてるのに」

「そうか、悪いな、俺はズルい男なんだ」

クスッと莉子が笑う。

「私も謝らないといけないね」

涙を拭った莉子は、神妙に唇を結ぶ。

「浮気とか再開発とか、最初から啓介さんを信じてあげられなくてごめんなさい。――自分さえ身を引けばすべてがうまくいくと思い込んでいた。啓介さんを信用する余裕すらないくらい、未熟だったから」

「それは──未熟なのは俺も同じだ」

思いやっているようで、実は君の気持ちを考えていなかったんだな。

言わなくても、わかってもらえる。俺は莉子のことならなんでもわかっていると思い込んでいた。俺さえ耐えれば、それでうまくいくと思ってた。

結局は独りよがりだとも気づかずに。

「これでおあいこだね」

涙を拭った莉子は、にっこりと微笑む。

「私、本当はずっと啓介さんが好きだった。別れたくないって、ずっと思っていたんだよ」

「莉子……」

「特別に、乃愛の名前の由来を教えてあげる」

私の愛じゃないのか？

あらためて聞いてはいないが、てっきりそうだと思っていた。

「啓介さんへの愛。あなたへの愛に溢れていたときにできた子だからよ」

えっ？

たまらず莉子を抱き寄せると、下からもぞもぞと乃愛が動き出した。

「あ、ごめんな乃愛。苦しかったか?」

慌てて離れると、乃愛が眠そうな目で俺たちを見上げていた。

「やっぱり疲れたんだな」

「そうね」

ルームサービスを三人で食べている途中から、乃愛はコクリコクリと船を漕ぎはじめた。

「パパと一緒のお風呂が楽しかったのね」

キッズアメニティの中に、お風呂で遊べるオモチャがあった。本当なら莉子と三人で入りたかったが、いきなりそこまでは望めない。

そっと抱き上げベッドに乃愛を寝かせる。

莉子とふたり、しばしそのまま乃愛の寝顔を見つめた。

時間はまだ夜の八時。大人の時間はたっぷりある。

テーブルの上はディナーの皿は片付けられて、代わりにワインとつまみのセットが並んでいる。それらを窓際のソファーの前にあるテーブルに移動して莉子を呼ぶ。

「さあ、夜景を見ながらワインを飲もう」

ガウン姿の莉子は、はにかんだ笑みを浮かべながら頷いた。

歩いてきて座る前に、彼女は外を見下ろす。

「こんなふうにリラックスをして夜景を見るのは久しぶりだわ」

俺たちは見合い結婚で、結婚後も俺が仕事に追われていたためにろくにデートもできなかった。

もっと莉子との時間をゆっくり取っていればすれ違いもなかっただろうに。

「莉子、ここに座って」

向かいの席ではなく、隣をすすめる。

少し戸惑いながらゆっくり腰を沈める彼女の手を取った。

「受け取ってほしい」

出したのは指輪。内側にI will forever love only youとベタな言葉が刻印してある。

「正直言って小鶴も今は落ち着いているが、不安は残っている。それでも莉子、今度は君と一緒に乗り越えていきたい。嫌な思いをさせるかもしれないが、俺が必ず守る。だから莉子」

莉子は指輪に目を落とし、内側に刻印された文字を見つめる。

「俺は君じゃなきゃダメなんだ」

顔を上げた彼女の瞳は潤んでいた。

「ごめんな。自分勝手で」

「それは、いいの……。私と乃愛のために別れを選んだって、わかってるから」

頬を伝い落ちる涙を指先で拭う。

「今日は泣かせてばかりだな」

ごめん。ごめんな。

心の中で謝りながら抱き寄せた。

「そのかわり、お願いがあるの」

「ん？」

莉子は涙を溜めた瞳でまっすぐに俺を見る。

「もう二度と離さないでくれる？」

莉子……。

「なにがあっても、離さないって約束してくれる？」

「ああ、もちろんだ。もちろん。絶対に離さない」

君は俺の幸せ、そのものだ。

「愛してるよ、莉子」

囁きながら唇を重ねる。

柔らかい莉子の唇から伝わってくる温もりが、この胸にぽっかりとあいた空洞を愛情で満たしていく。

ずっと、ずっと君だけを想っていた。

愛してる。永遠に君だけを——。

了

特別書き下ろし番外編

二度目の結婚式

春になり、私たちは二度目の結婚式を挙げた。

場所は軽井沢。いっときは本気で、乃愛とここで暮らしていこうかと考えた思い出の地だ。

啓介さんの提案でもある。

お世話になったなっちゃんと、なっちゃんのご家族に感謝の気持ちを添えて、リンゴ園に併設するカフェを貸し切り、広い庭先でのガーデンパーティーとなった。

なにしろ二度目なのでごく親しい友人だけを呼んでの人前式だ。立会人代表は啓介さんの友人氷室さんが引き受けてくれて、『俺が絶対に、二度と離婚はさせませんん！』と宣言し笑いを誘った。

もちろん、私たちはもう二度と別れない。太陽が西から昇ろうとも。

「ママ、きれー」

「ありがとう。乃愛もとーってもかわいいよ」

一度目の結婚式は白無垢からはじまった純和装だったけれど、今回はすっきりとしたスレンダーラインのウェディングドレス。乃愛は、自分で選んだ淡いピンク色のレースのドレスに、お花のカチューシャをしてご満悦だ。

振り返った乃愛は、首を伸ばし啓介さんを見上げて指をさす。

「パパ。お花きれー」

胸元のブートニアを見て「これか」と啓介さんが笑って乃愛を抱き上げる。

「ありがとうな」

彼も今回は羽織袴ではなく、ネイビーブルーのフロックコートだ。背が高い彼じゃないとこんなふうには着こなせない。口には出せないけれど、うっとりするほどかっこいい。

「乃愛ちゃん、あと二十年経ったら俺のお嫁さんになるか?」

氷室さんが乃愛の頬を指先でツンツンすると、乃愛はキャッキャと笑いながら啓介さんの胸に顔をつけて隠れる。

「いい加減にしろ、仁」

半分本気で怒っていそうな啓介さんに思わず笑う。

「乃愛ー。るうパパだぞ」

今度は琉樹が声をかけ、乃愛がひょっこり顔を出して啓介さんが慌てて乃愛を隠すように背中を向けた。

「なんなんだお前たちは」

笑いながら私は友人たちのもとへ行く。

柔らかい春の風がリンゴの花の香りを運び、私はリンゴ園を振り向いた。失意に打ちひしがれていた私を癒してくれた甘くて優しい香りに、自ずと頬が緩む。

「莉子ー、本当に素敵な旦那様だね」

なっちゃんが褒め、瑠々が「ほんと」と溜め息をつく。

「うん。素敵でしょ」

「うわっ莉子、のろけてる！」

顔をしかめる瑠々に笑った。

「だってー、一回くらい自慢してみたかったんだもん」

「はいはい。今日は特別に聞いてあげますよ。いくらでものろけてくださいませ、花嫁さん」

笑いながら、瑠々は農園特製のアップルサイダーを飲んで「美味しい！」と目を丸くした。

とても遠く感じるが、私がこのリンゴ園で働いていたのはほんの二年前だ。

「美味しいでしょ。私もこのシールを貼ったりしていたんだよ。ジャムの試食をしたりして楽しかったな」

「ねえ莉子知ってる？　リンゴの花言葉」

なっちゃんがにやにやと目を細める。

「えっ？　知らない。なになに教えて」

「いくつかあるんだけど、〝選ばれた恋〟っていう花言葉もあるんだよ。莉子たちを見ていたら思い出しちゃった」

瑠々が「へえー」と感心する。

「啓介さんも莉子もほかの誰でもなく、お互いに初恋なんだもんね。まさに選ばれた恋だ」

さっき、友人のスピーチで私の元上司で彼の友人、須王燎さんが、彼の初恋が私だったと暴露したのだった。

「このー幸せ者めー」

「やめてよ」

さすがに恥ずかしくて耳まで熱が込み上げる。

「おーい。莉子。みんなで写真を撮ろう」

啓介さんの声に振り向くと。乃愛が「ママー」と手を振った。

「はーい」

私と啓介さんは、乃愛を真ん中に挟んで寄り添って立つ。

「莉子、きれいだよ」

啓介さんが、にっこりと微笑む。

「幸せか？」

「もちろんよ」

これ以上ないというほど幸せだ。

啓介さんが私をジッと見る目が甘くて、熱くて、思わず照れくさくなる。

「前を向かなきゃ」

「ああ、そうだな」と言いながら、彼は私の頬にキスをした。

「俺も世界一幸せだ」と囁いて。

了

あとがき

みなさまこんにちは白亜凛です。

二作目のベリーズ文庫、お手に取ってくださりありがとうございます。

今回のヒーローは、脳神経外科医でした。

脳神経外科医ということで、現役の先生のインタビューや動画や小説などいろいろ読んだり見たりしたのですが、その度に驚きの連続でした。直径一ミリの血管を縫い繋ぐマイクロサージェリーという技術。まさに神の手。尊敬しかありません。

ヒーローはそんな素晴らしいドクターなのに、生きるのが不器用な人で。

私が言うのもおかしな話ですが、なんとかしてこの不器用な先生に幸せになってほしくてね。最後は無事に幸せを手に入れてよかったです。

そしてお気づきになられたでしょうか。

今回も、ほかの作品のヒーローである須王専務がちらりと登場したり、ホテルコルヌイエの名前も出てきました。

もちろん氷の月も。

氷の月には氷室仁がいて。

現実には存在しない氷の月ですが、私の頭の中では、密やかな入り口ドアやスツールの様子がまざまざと浮かぶものですから、六本木の路地裏には本当にあるんじゃないか。「いらっしゃーい」と仁さんが迎えてくれるんじゃないかと錯覚しそうになってしまいます。

今日こんなことがあってね、なんて愚痴を笑って聞いてくれる氷の月。多分きっとどこかにあると夢に見つつ。

また次回、皆様に会える日を楽しみにがんばっていきたいと思います。

最後になりましたが、出版にあたり関係者の皆様、この場を借りてお礼申し上げます。特に編集担当さま、毎回のことながら感謝に堪えません。

南国ばなな先生、うっとりするような素敵な表紙絵をありがとうございました。乃愛ちゃんがかわいくて、見るたびにデレデレしてしまいます。

そして読者の皆様、いつも温かい応援をありがとうございます！

心よりの感謝をこめて。

白亜凛《はくありん》

白亜凛先生への
ファンレターのあて先

〒104-0031
東京都中央区京橋 1-3-1
八重洲口大栄ビル7F
スターツ出版株式会社　書籍編集部　気付

白亜凛先生

本書へのご意見をお聞かせください

お買い上げいただき、ありがとうございます。
今後の編集の参考にさせていただきますので、
アンケートにお答えいただければ幸いです。

下記 URL または二次元コードから
アンケートページへお入りください。
https://www.ozmall.co.jp/enquete/IndexTalkappi.aspx?id=2301

天才脳外科医はママになった政略妻に2度目の愛を誓う

2024年12月10日　初版第1刷発行

著　者　白亜凛
©Rin Hakua 2024

発行人　菊地修一

デザイン　カバー　アフターグロウ
フォーマット　hive & co.,ltd.

校　正　株式会社文字工房燦光

発行所　スターツ出版株式会社
〒104-0031
東京都中央区京橋1-3-1　八重洲口大栄ビル7F
TEL　03-6202-0386（出版マーケティンググループ）
TEL　050-5538-5679（書店様向けご注文専用ダイヤル）
URL　https://starts-pub.jp/

印刷所　大日本印刷株式会社

Printed in Japan

ISBN 978-4-8137-1675-4　C0193

ベリーズ文庫 2024年12月発売

『覇王な辣腕CEOは取り戻した妻に熱烈愛を貫く【大富豪シリーズ】』紅《くれない》カオル・著

香奈は高校生の頃とあるパーティーで大学生の海里と出会う。以来、優秀で男らしい彼に惹かれてゆくが、ある一件により、海里は自分に好意がないと知る。そのまま彼は急遽渡米することとなり――。9年後、偶然再会するとなんと海里からお見合いの申し入れが!?　彼の一途な熱情愛は高まるばかりで…！

ISBN 978-4-8137-1669-3／定価781円（本体710円＋税10%）

『双子の姉の身代わりで嫁いだらクールな氷壁御曹司に激愛で迫られています』若《わか》菜《な》モモ・著

父亡きあと、ひとりで家業を切り盛りしていた優羽。ある日、生き別れた母から姉の代わりに大企業の御曹司・玲哉とのお見合いを相談される。ダメもとで向かうと予想外に即結婚が決定して!?　クールで近寄りがたい玲哉。愛のない結婚生活になるかと思いきや、痺れるほど甘い溺愛を刻まれて…！

ISBN 978-4-8137-1670-9／定価781円（本体710円＋税10%）

『孤高なパイロットはウブな偽り妻を溺愛攻略中～ニセ婚夫婦!?～』未《み》華《はな》空《そら》央《お》・著

空港で働く真白はパイロット・遥がCAに絡まれているところを目撃。静かに立ち去ろうとした時、彼に捕まり「彼女と結婚する」と言われて!?　そのまま半ば強引に妻のフリをすることになるが、クールな遥の甘やかな独占欲が徐々に昂って…。「俺のものにしたい」ありったけの溺愛を刻み込まれ…！

ISBN 978-4-8137-1671-6／定価770円（本体700円＋税10%）

『俺の妻に手を出すな～離婚前提なのに、御曹司の独占愛が爆発して～』惣領《そうりょう》莉《り》沙《さ》・著

亡き父の遺した食堂で働く里穂。ある日常連客で妹の上司でもある御曹司・蒼真から突然求婚される！　執拗な見合い話から逃れたい彼は1年限定の結婚を持ち掛けた。妹にこれ以上心配をかけたくないと契約妻になった里穂だったが――「誰にも見せずに独り占めしたい」蒼真の容赦ない溺愛が溢れ出して…!?

ISBN 978-4-8137-1672-3／定価792円（本体720円＋税10%）

『策士なエリート御曹司は最愛妻を溢れる執愛で囲う』きたみ まゆ・著

日本料理店を営む穂香は、あるきっかけで御曹司の悠希と同居を始める。悠希に惹かれていく穂香だが、ある日父親から「穂香との結婚を条件に知り合いが店の融資をしてくれる」との連絡が。父のためにとお見合いに向かうと、そこに悠希が現れて!?　しかも彼の溺愛猛攻は止まらず、甘さを増すばかりで…！

ISBN 978-4-8137-1673-0／定価770円（本体700円＋税10%）

ベリーズ文庫 2024年12月発売

『別れた警視正パパに見つかって情熱愛に捕まりました』森野《もりの》りも・著

花屋で働く佳純。密かに思いを寄せていた常連客のクールな警視正・瞬と交際が始まり幸せな日々を送っていた。そんなある日、とある女性に彼と別れるよう脅される。同じ頃に妊娠が発覚するも、やむをえず彼との別れを決意。数年後、一人で子育てに奮闘していると瞬が現れる！　熱い溺愛にベビーごと包まれて…！

ISBN 978-4-8137-1674-7／定価781円（本体710円＋税10%）

『天才脳外科医はママになった政略妻に2度目の愛を誓う』白亜凛《はくありん》・著

総合病院の娘である莉子は、外科医の啓介と政略結婚をし、順調な日々を送っていた。しかしある日、莉子の前に啓介の本命と名乗る女性が現れる。啓介との離婚を決めた莉子は彼との子を極秘出産し、「別の人との子を産んだ」と嘘の理由で別れを告げるが、啓介の独占欲に火をつけてしまい――!?

ISBN 978-4-8137-1675-4／定価781円（本体710円＋税10%）

『塩対応な魔法騎士のお世話係はじめました。ただの出稼ぎ令嬢なのに、重めの愛を注がれてます!?』瑞希《みずき》ちこ・著

出稼ぎ令嬢のフィリスは世話焼きな性格を買われ、超優秀だが性格にやや難ありの魔法騎士・リベルトの専属侍女として働くことに！　冷たい態度だった彼とも徐々に打ち解けてひと安心…と思ったら「一生俺のそばにいてくれ」――いつの間にか彼の重めな独占欲に火をつけてしまい、溺愛猛攻が始まって!?

ISBN 978-4-8137-1676-1／定価781円（本体710円＋税10%）

ベリーズ文庫 2025年1月発売予定

Now Printing

『溺愛致死量』 佐倉《さくら》伊織《いおり》・著

製薬会社で働く香乃子には秘密がある。それは、同じ課の後輩・御堂と極秘結婚していること！　彼は会社では従順な後輩を装っているけれど、家ではドSな旦那様。実は御曹司でもある彼はいつも余裕たっぷりに香乃子を翻弄し激愛を注いでくる。一見幸せな毎日だけど、この結婚にはある契約が絡んでいて…⁉

ISBN 978-4-8137-1684-6／予価770円（本体700円＋税10%）

Now Printing

『タイトル未定(海上自衛官)【自衛官シリーズ】』 皐月《さつき》なおみ・著

横須賀の小さなレストランで働き始めた芽衣。そこで海上自衛官・晃輝と出会う。無口だけれどなぜか居心地のいい彼に惹かれるが、芽衣はあるトラウマから彼と距離を置くことを決意。しかし彼の深く限りない愛が溢れ出し…「俺のこの気持ちは一生変わらない」——運命の歯車が回り出す純愛ラブストーリー！

ISBN 978-4-8137-1685-3／予価770円（本体700円＋税10%）

Now Printing

『御曹司様、あなたの子ではありません！～双子ベビーがパパそっくりで隠し子になりませんでした～』 伊月《いづき》ジュイ・著

双子のシングルマザーである楓は育児と仕事に一生懸命。子どもたちと海に出かけたある日、かつての恋人で許嫁だった皇樹と再会。彼の将来を思って内緒で産み育てていたのに——「相当あきらめが悪いけど、言わせてくれ。今も昔も愛しているのは君だけだ」と皇樹の一途な溺愛は加速するばかりで…⁉

ISBN 978-4-8137-1686-0／予価770円（本体700円＋税10%）

Now Printing

『本日で人妻を終了させていただきます！～冷徹御曹司は政略結婚の妻を溺愛したい』 華藤《かとう》りえ・著

名家ながら没落の一途をたどる沙織の実家。ある日、ビジネスのため歴史ある家名が欲しいという大企業の社長・瑛士に一億円で「買われる」ことに。愛なき結婚が始まるも、お飾り妻としての生活にふと疑問を抱く。自立して一億円も返済しようとついに沙織は離婚を宣言！　するとなぜか彼の溺愛猛攻が始まって⁉

ISBN978-4-8137-1687-7／予価770円（本体700円＋税10%）

Now Printing

『この恋は演技』 冬野《とうの》まゆ・著

地味で真面目な会社員の紗奈。ある日、親友に頼まれ彼女に扮してお見合いに行くと相手の男に襲われそうに。助けてくれたのは、勤め先の御曹司・悠吾だった！紗奈の演技力を買った彼に、望まない縁談を避けるためにと契約妻を依頼され⁉見返りありの愛なき結婚が始まるも、次第に悠吾の熱情が露わになって…。

ISBN 978-4-8137-1688-4／予価770円（本体700円＋税10%）

タイトル、価格等は変更になることがございますのでご了承ください。